# 图书在版编目（CIP）数据

台儿庄大战诗词选/枣庄市政协文史资料委员会编 . —北京：中国社会科学出版社，2015.9
ISBN 978 - 7 - 5161 - 6883 - 7

Ⅰ. ①台…　Ⅱ. ①枣…　Ⅲ. ①诗词—作品集—中国—现代　Ⅳ. ①I226

中国版本图书馆 CIP 数据核字（2015）第 208476 号

| | |
|---|---|
| 出 版 人 | 赵剑英 |
| 责任编辑 | 李庆红 |
| 责任校对 | 周晓东 |
| 责任印制 | 王　超 |

| | |
|---|---|
| 出　　版 | 中国社会科学出版社 |
| 社　　址 | 北京鼓楼西大街甲 158 号 |
| 邮　　编 | 100720 |
| 网　　址 | http://www.csspw.cn |
| 发 行 部 | 010 - 84083685 |
| 门 市 部 | 010 - 84029450 |
| 经　　销 | 新华书店及其他书店 |

| | |
|---|---|
| 印刷装订 | 三河市君旺印务有限公司 |
| 版　　次 | 2015 年 9 月第 1 版 |
| 印　　次 | 2015 年 9 月第 1 次印刷 |

| | |
|---|---|
| 开　　本 | 710×1000　1/16 |
| 印　　张 | 14 |
| 插　　页 | 2 |
| 字　　数 | 238 千字 |
| 定　　价 | 49.00 元 |

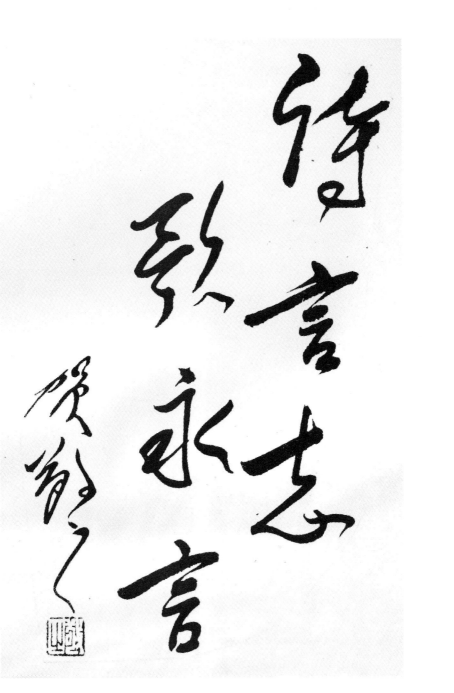

詩言志
歌永言

英雄城市
台兒莊

屋武

一九九二年于北京
時年八十七歲

焦土抗戰
眾志成城

亦學范
一九九二年

西千血戰台兒莊
五千里地棋星
府從烏列蘭封守
鴻息欲凋傳
寇飲沙場

九台光壽太山
賈志松
一九九二年

台兒莊之戰
光輝千秋

一九九二年九月
廷琠題

古都神州二十年行師
夜久八九天雩有待
空室蒙角聲喚我在桐
山

臧克家

发扬爱国主义精神
为振兴中华统一
祖国而努力奋斗

为台儿庄大战纪念馆题
庚午九秋　迟浩田
一九九○年十月二十日

台庄硝烟逝似石
榴花开形形怀士
无比英勇卫民爱
国心雄　最壮八年来
五载重逢似昨春
谢如峰
庚午九秋星方七十九

爱国一家
允林先生嘱
冰心

台儿庄小唱

浩气长存
纪念台儿庄大战五五周年
癸酉五月于津门
梁斌

李宗仁督战台儿庄

池峰城和田镇南

孙连仲战前训话

桂军在庄外阻击日军

丁行和屈伸

31 师战地服务团先遣队

敢死队出发前

战士通过浮桥

云南女子战地服务团接受邓颖超、郭沫若、卢汉等检阅

桂灿与爱人离别留影　　　　　守卫东北城墙上

台儿庄大战纪念馆

枣庄学院纪念抗日战争胜利70周年研究丛书

# 编 委 会

# 总　序

　　历史总是在回顾中才显露它的厚重。第二次世界大战是人类迄今为止所经历的最残酷的战争。从亚洲到欧洲，从太平洋到大西洋，世界先后有61个国家和地区、20亿以上的人口被卷入战争，伤亡人数达9000余万，壮美河山被踩躏得满目疮痍。在这场战争中，战争与和平、野蛮与文明、邪恶与正义、杀戮与救赎、侵略与反侵略展开了殊死对决，人类面临着空前危机。所幸，"二战"在带来巨大灾难的同时，也向世人证明了和平、文明、正义、救赎和反侵略比它们的敌人更有力量，这是我们今天纪念"二战"意义之所在。

　　中国是世界反法西斯战争的东方主战场，中国人民对这场战争的胜利做出了突出贡献。对枣庄人民来说，枣庄地区的抗战在中国抗战史上具有值得珍视的特殊价值。这是因为，无论在正面战场还是在敌后战场，枣庄都谱写了抗日传奇。在正面战场上，台儿庄大捷狠狠打击了日军不可战胜的嚣张气焰，鼓舞了全国人民的抗日斗志；而在敌后战场上，铁道游击队纵横驰骋，打得鬼子闻风丧胆。它们已成为全民族抗战的标志性符号。两支抗战力量汇聚一地，在正面战场和敌后战场均写下抗战历史浓重的一笔，这在全国抗战史上也不多见。这是值得枣庄人民特别骄傲的地方。

　　在国人心目中，枣庄早就是一座抗战名城。中国人民抵御外侮的坚强决心和钢铁意志，在枣庄抗战史上得到最集中的体现。抱犊崮山坳里一一五师的猎猎红旗，津浦线上游击队员扒飞车、搞机枪、炸桥梁的矫健身姿，台儿庄巷间中惊心动魄的拼死肉搏，运河两岸地方武装的长途奔袭，均绘就中华民族抗战史上最美画卷。让更多的人来了解这段由鲜血和生命铸就的历史，牢记中国人民为维护民族独立和自由、捍卫祖国主权和尊严而建立的伟大功勋，是我们义不容辞的责任。

　　人类历史的进程是客观的，但历史的的确确是由人来书写的。日本长期以来对侵略历史的否认及歪曲告诉我们，历史书写的的确确存在着对抗与竞赛。在抗战胜利 70 周年的今天，我们必须还历史以本来面貌。我们坚信，枪炮声写就的历史终将战胜谎言的鼓噪。这里呈上"枣庄学院纪念抗日战争胜利 70 周年研究丛书"，就是希望为读者提供真实的抗战历史，并以此来告慰那些在战场上英勇拼杀、为国捐躯的英灵，纪念那些在战争劫难中无辜死去的万千同胞，继承和弘扬伟大的抗战精神。2015 年 7 月 30 日，中共中央政治局就中国人民抗日战争的回顾和思考进行第二十五次集体学习。习近平总书记在主持学习时强调，深入开展中国人民抗日战争研究，必须坚持正确历史观、加强规划和力量整合、加强史料收集和整理、加强舆论宣传工作，让历史说话，用史实发言，着力研究和深入阐释中国人民抗日战争的伟大意义、中国人民抗日战争在世界反法西斯战争中的重要地位、中国共产党的中流砥柱作用是中国人民抗日战争胜利的关键等重大问题。习总书记的相关论断，使我们深受鼓舞，也为我们研究抗战史指明了方向。

铭记苦难历史，弘扬抗战精神，续写民族大义是时代赋予国人的神圣使命。枣庄学院一直以应有的文化自觉和责任担当致力于枣庄地区抗战史的挖掘、整理和研究工作，通过寻访抗战老兵、遗孤，追寻抗战足迹，查阅海内外文史资料，使得发生在枣庄的民族抗战史愈发清晰地呈现出来。在专家学者和社会各界的共同努力下，终于编著成册。这套丛书一共九本，包括《枣庄抗战通史》《台儿庄大战史》《铁道游击队史》《台儿庄血战记》《名人与台儿庄大战》《枣庄黄埔人与中国大抗战》《抗战英雄孙伯龙与运河支队》《枣庄抗战文艺研究》《台儿庄大战诗词选》，其中既有对枣庄地区抗战历史的全景式扫描，也有对局部战场的细致刻画；既有对不同抗战力量丰功伟绩的深度挖掘，也有对英雄人物的大力讴歌。我们希望通过编著者的努力，能够全方位、多层次、多维度的复原和再现枣庄地区那段不屈不挠、驱逐倭寇的光辉岁月。

为学养和水平所囿，丛书还存在种种不足，尚祈有识之士指谬。

胡小林

2015 年 8 月 7 日

# 《台儿庄大战诗词选》再版序

台儿庄大战因其在抗日战争和世界反法西斯战争中享有的世界声誉，被载入史册而永世长存。永世长存不只是载入史册，更重要的是把台儿庄大战所激发出来的抵御外侮、扬威不屈的民族之魂，内化成为我们的集体记忆而世代相传。

诗言志。诗歌历来因其独具的特点和优势成为记录历史的有效载体。在台儿庄大战中及战后留下了一大批鞭挞侵略，讴歌抗战，缅怀英雄，记录战史的诗歌佳作。枣庄是台儿庄大战的发生地，枣庄市政协文史资料委员会以其自觉的使命感和担当意识，积极进行台儿庄大战的研究工作，《台儿庄大战诗词选》就是他们经过多年的收集、整理的研究成果。在1995年中国人民抗日战争胜利五十周年，也是世界反法西斯战争胜利五十周年的时候，出版了这一成果，成为纪念这一盛事的献礼之作。

2015年是中国人民抗日战争暨世界反法西斯战争胜利70周年。2015年9月3日，是中国首个法定的"中国人民抗日战争胜利纪念日"。枣庄作为中国抗日的主要地区，有多个抗日武装在此跟日军战斗过，发生过许多重大的历史事件，涌现出了多位可歌可泣的抗日英雄，枣庄人民为抗战胜利做出了巨大贡献和牺牲。在这个具有重大意义的时间节点上，枣庄学院作为枣庄市唯一的一所本科大学，秉承着"文化传承"的历史使命，以高度的文化自觉，积极主动地开展抗战文化的挖掘、整理与研究工作，在今年集中推出九卷本的"枣庄学院纪念抗日战争胜利70周年研究丛书"。丛书全方位、多角度地对发生在枣庄地区的抗战活动和抗战人物进行了系统梳理与研究，可以说是一套集大成之作。为使该丛书具有权威性、全面性，丛书的编撰采取了开放的姿态，积极吸纳校外研究成果。《台儿庄大战诗词选》从诗歌角度对台儿庄大战做了另一种解读，对丛书的丰富性大有裨益，所以在征得枣庄市政协文史资料委员会同意后，将该书纳入丛书中再版。再版时，我们对原作未做增补，仅对原作中的一些错误进行了更正，这出于两点考虑，一是充分尊重原著的风貌；二是有一些新资料，在其他有关台儿庄大战的著作中有所体现，这里不再收录。为了丛书的一致性，在装帧版式上做了改变。

该书的再版，要感谢枣庄市政协文史委主任邱家和、原主任张思雷，他们一致同意把版权授予我们，使该书得以再版；要感谢原书的编选者们，他们 20 年前的精益求精，使该书至今还保持了较高水准；还要感谢责任编辑李庆红老师，她的辛勤付出，使该书"旧貌换新颜"。同时，为该书再版提供帮助的人士有很多，恕不一一列举，在此一并致谢。

张思奎

2015 年 7 月 18 日

# 序　言

王允琳①

1995 年是世界人民反法西斯战争胜利五十周年，也是中国人民抗日战争胜利五十周年。为了纪念这个光辉的日子，枣庄市政协文史资料委员会编辑了《台儿庄大战诗词选》一书，奉献给为民族独立喋血沙场的烈士，奉献给为国家尊严赴汤蹈火的将士，奉献给为救亡奔走大江南北的志士。

继九一八风云，卢沟桴鼓，淞沪硝烟及南京屠城，中华民族危在旦夕。人民流离，百姓呼号。东北沦亡，华北危机，淮海告急。日军乘其余威逼津浦，窥徐州，谋武汉，图中原。

抗战军兴，在中国共产党倡导的抗日民族统一战线感召下，全国各民族、各党派、各团体及海外侨胞，团结一致全面抗战，国共合作，共同对敌。工农兵学商一齐来救亡，呼声震山撼岳，长江怒吼，黄河咆哮。中国人民筑起了血肉长城，从平型关到台儿庄，节节抗击日军侵略。

台儿庄烽烟突起，第二集团军、第三集团军、第二十二集团军……云集运河两岸迎敌，死守滕县，保卫临沂，血战台儿庄……号角长鸣，东北、平津、沪宁流亡学生奔赴前线。西安、武汉、重庆的记者到战地采访。臧克家疾呼"角声唤我去铜山"，郁达夫"驱车直指彭城道"。作家、记者、演员冒着敌人的炮火，或采访，或慰问，或演出，揭露敌人，鼓舞士气。战火中产生了大量的诗词。"诗言志"，诗如刀枪，词似号角，在

---

① 王允琳，江苏沛县人，生于 1934 年。曾任中共枣庄市委副书记、常务副市长，本书初版时任枣庄市政协主席。

救亡运动中发挥了巨大的历史作用。

这些诗词鞭挞侵略，讴歌抗战，是中华民族反侮抗辱的历史记录。"诗言史"，战时鼓舞炎黄子孙齐心协力抵御外侮；战后激励华夏儿女同心同德建设有中国特色的社会主义民主、文明、富强、统一的现代化祖国。特别对高举爱国主义伟大旗帜，坚持统一，反对分裂，推动两岸关系的发展，促进祖国统一大业的完成更有现实意义。

大战中的诗词是火与血的史诗。是诗人在焦土灼热时迸发出来的爱国激情，饱含对祖国的爱，对侵略者的恨。作者有将军、士兵、作家、记者、农民、学生。这些诗词是抗战文学中的明珠，是研究抗战史及抗战文学的珍贵资料。

本书共六编，以滕县保卫战、临沂防守战、台儿庄大战、禹王山阻击战为序，附论文一篇。诗词对川、滇、黔、桂及西北等军的英勇抗敌均有记载，有资料性、文献性、可读性、统战性，是爱国主义教育的好教材。所辑诗词是文史委的同志自1984年征编《徐州会战》、《台儿庄大战亲历记》时逐年积累起来的。今日方成其书，奉献给各界爱国人士。书中有将士、文人的历史杰作，也有近几年抗战将士及亲属来台儿庄凭吊的抒怀，也收入了墨客雅士参观游览台儿庄的随感，共376首。

在征集编辑此书时，北京、昆明、贵阳等市政协给予了大力支持。泸朋刘启柏、济南严薇青、查国华，北京张克明，台北张玉法等先生均给予协助，在此深表谢意。

诗词多系年时已久，回忆传抄，讹错难免。加之资料不足，水平所限，校刊之误，还望方家予以补正。

# 目 录

## 百万川军出蜀门
## 血飞齐鲁薄燕云

# 张庞抗倭沂水边
# 金钲战鼓壮河山

# 台儿庄内血染红
# 金陵寺外挫顽凶

## 虎狼虽猛哪胜德
## 台儿庄名光史册

# 禹王山上狼烟起
# 黔滇儿女赴戎机

## 喜看春风吹鲁南
## 一代英雄又出山

# 金戈铁马长城吟
# 千古高风说到今

百万川军出蜀门
血飞齐鲁薄燕云

# 为王之钟师长战死滕县题其遗像[1]

张　澜[2]

| | |
|---|---|
| 席卷青徐势正危，[3] | 孤军捍寇苦支持。 |
| 一城守死真黑㸑，[4] | 千载留名比豹皮。[5] |
| 部属半为猿鹤侣， | 魂归应是风雨时。 |
| 东征将士多忠烈， | 此日看君意更悲。 |

# 台儿庄大胜

李宗仁

| | |
|---|---|
| 戍楼拂晓角声悲， | 誓杀倭奴去不回。 |
| 刀砍寇头十万颗， | 台儿庄上祭军旗。 |

# 卅万英雄为国殇

刘启柏[6]

廿载阋墙泪满江，　　　救亡百代铸荣光。

---

[1]　王之钟即川军一二二师师长王铭章。1938 年 3 月，王师长率部孤守滕县，浴血奋战，寡不敌众，不幸腹部中弹殉国。

[2]　张澜，字表方。生于 1872 年，四川省南充县中和场人。抗战时任四川省抗敌后援会主任。1944 年任中国民主同盟主席，1949 年 9 月，张澜出席了第一届中国人民政治协商会议，当选为中华人民共和国副主席。

[3]　当时南京失守，华北沦亡。日军企图打通津浦。矶谷扑滕县，板垣攻临沂，形势相当危机。

[4]　黑㸑，《周书·王罴传》："此城乃王罴㸑，先死在此，欲死者来。"

[5]　豹皮，《王彦章传》："豹死留皮，人死留名。"

[6]　刘启柏，生于 1932 年，四川富顺人。毕业于北京大学，民盟成员。曾任泸州市图书馆参考部主任，泸州市市中区政协常委、文史委主任等。

铮铮敌忾同仇日，　　　卅万英雄为国殇。①

# 送川军健儿出川杀敌②

吴　纯

全民抗战义不辞，　　　劲旅堂堂战马嘶。
奇耻百年应洗雪，　　　势倾三岛破东夷。③

# 滕县保卫战

赵元凯

咸阳烽火倚奇勋，　　　力战孤城以死闻。
自昔挥戈能逐日，　　　秋风长忆故将军。④

# 川军殉国誓同仇

周一生⑤

三月中旬攻滕县，　　　死守两天浴血战。⑥
铭章师长勇殉国，　　　川军三川同死难。⑦

①　国殇，殇，未及成年而亡。国殇，为国牺牲的人。四川八年抗战，牺牲近30万人。
②　四川省抗战八年中征兵百万，出川抗战的有二十二、二十三、二十七、二十九、三十、三十六集团军。另外还有一个军及一个师。
③　三岛、东夷，皆指日本侵略军。
④　故将军，指在滕县保卫战中的王铭章师长。
⑤　周一生，生于1929年，中共党员、民盟成员。四川大学历史系、西南师大中文系毕业。曾任泸州化专工会主席、乐山师专党史教研组长。为中国人才研究学部委员、乐山市政协文史特约研究员。著有《中国革命史述评诗》一书。
⑥　自3月15日夜，至18日上午滕县激战，实战两天三夜。
⑦　三川，指川南、川西、川北。

# 赠出川杀敌将士四首

梅 英

## 一

胡笳吹遍故都秋， 胡马如潮压海头。
四亿长戈齐指日， 血光飞耀五洋洲。

## 二

易水歌惨人去也， 刀光如雪弹似花。
双肩挑起兴亡责， 拼却头颅报国家。

## 三

离弦蜀国起英风， 正值中原板荡中。①
饮马长城实快事， 男儿到此足豪雄。

## 四

声声号角壮征程， 家国兴亡在此行。
数十年来民血汗， 前途应不误苍生。

# 路祭王铭章将军②

梅 英

## 一

将军灵柩宣传器， 万里魂归蜀道难。

---

① 板荡，《诗经》中《板》、《荡》二篇，皆言周厉王无道，后用来指社会动乱不安定。
② 王铭章师长遗体由武汉运往四川新都，家乡人民为之路祭、下葬。

天府人民齐恸哭， 望断"王师"奏凯旋。①

## 二

草履将军振国威，② 挥师东下解重围。
虽死身佩成仁剑， 取义难辞众口碑。

## 三

百战将军破阵亡， 芒鞋踏过万山冈。
黄河愤怒魂飞苦， 猎猎扬幡吊国殇。

# 送川军兼呈前敌各同志

## 南川九递诗社

## 一

夺我南山又北山， 风雨暗淡两河间。
一军栈道出秦岭， 何日蜡丸走玉关。
鞑靼输诚酋表胆，③ 胭脂失守妇无颜。④
立功万里男儿志， 莫让虎头燕颔班。⑤

（陈鲁珍）

---

① 王师，文中指川军一二二师。
② 川军出川，皆单衣草履赴山西至山东，时值严冬仍未有棉衣。
③ 鞑靼，古代对北方少数民族的统称。酋，古代少数民族的首领。
④ 胭脂，指胭脂关。
⑤ 燕颔班，形容威猛。《班超传》："超问其状，相者指曰：'生燕颔虎颈，飞而食肉，此万里侯相也。'"

## 二

一路前头接后头，　　钺铧躬攮气横秋。

只看天上将军下，　　不见闺中少妇愁。

内尽汉奸国中蠹，①　　外戕秦孽海东鸥。

坐观失地全收复，　　岂止燕云十六州。

（韦雅吕）

# 铭章领兵离蜀都

余国雄②

铭章领兵离蜀都，③　　威风凛凛奔征途。

天府健儿多壮志，　　大战滕县显英武。

救亡图存雪国耻，　　血染沙场气如虎。

将军抗日捐身躯，　　留得美名垂千古。

# 临滕序战夺先声

萧尔诚④

滕城血战振民魂，　　华夏风骨举世惊。

抗敌一心忠义著，　　临滕序战夺先声。⑤

---

① 蠹，蛀蚀器物的害虫。

② 余国雄，生于1921年，四川泸州人，民革成员。台儿庄大战时，在一四○师任上尉国术教官，带领大刀队同日军厮杀多次，缴获枪支颇多。后调八三五团李祖明部任国术教官。

③ 蜀都，时指重庆。

④ 萧尔诚，四川富顺人，生于1914年，重庆大学地质系肄业，黄埔军校14期。曾任七十六军上校秘书。

⑤ 临沂、滕县之战，史学家称为台儿庄大战的序幕战。

# 七 律

邓锡侯部在鲁南两下店夜袭日军成功。①

黄馥棠②

| | |
|---|---|
| 天上遥瞻节钺临， | 安危须仗老谋深。 |
| 晋文攘楚先三舍， | 忠武服蛮倚七擒。 |
| 中府一朝诛二子，③ | 阳光普照靖群阴。 |
| 川军将帅皆韩岳，④ | 岂有神州竟陆沉。⑤ |

# 颂川军抗日

黄馥棠⑥

| | |
|---|---|
| 东邻小鬼侵华夏， | 西蜀健儿保邹滕。 |
| 军民团结驱倭寇， | 民族团结打东洋。 |

---

① 邓锡侯系川军二十二集团军总司令。两下店在滕县北邹县境内。

② 黄馥棠，滕县开明绅士，同沙印才、张守谦被誉为"抗日三老"。滕县保卫战中他们组织民众支援川军抗战。

③ 二子，二心竖子，指韩复榘不战放弃黄河防线。

④ 韩岳，指宋朝时抗金兵的韩世忠、岳飞皆民族英雄。

⑤ 陆沉，沦陷。

⑥ 1938 年 3 月，一二二师七四三团二营营长熊顺义率部赴滕县、邹县交界处截击日军时，黄老先生写了以上诗句送熊营长。

# 赞滕县抗日三老

谢和赓①

滕县抗日三老人，　　组织铁匠立功勋，②
数百武器援军士，　　大刀挥舞敌入坟。③

# 忆秦娥

邓新诚

滕城烈，台庄会战英雄血。英雄血，敌尸逾万，李公英杰。
知人善任严明律，川军将领高风节。高风节，前嫌捐弃，救亡忠烈。

# 滕县血词

刘大元

## 一

民族到了被侮的时候，
要用我们的热血去洗刷；
国家到了危急的时候，
要用我们的硬骨去挣扎。

---

① 谢和赓，广西桂林市人，生于1912年，1930年入北京大学学习，1933年加入中国共产党。党先后派其任冯玉祥、吉鸿昌、白崇禧、李宗仁等人的秘书。1942年周恩来指派其与王莹女士赴美留学，兼做国际统战工作。在美狱中关押多年，经周恩来营救，1955年回国在外交部工作，任世界知识出版社高级编辑、美澳组长。后任多家杂志顾问，著有多部著作。
② "抗日三老"组织铁匠数十人连夜用废轨打制大刀片支援川军。
③ 滕县战役，日军伤亡2000余人。

## 二

敌人的铁蹄，已踏上我们的"天堂"；

悲壮的战剧，已轮到我们的肩膀；

伟大的任务，已加在我们的身上；

牺牲的号音，已送到我们的耳旁。

## 三

这难忍的血账，要在今天算清；

这不平的局势，要在今天打平；

这生存的争斗，要在今天认定；

这死拼的决心，要在今天证明。

## 四

武汉是我们的根据，

徐州是我们的屏障；

津浦应该巩固，

滕县便是我们健儿血战的疆场。

## 五

死守呀！这伟大的滕城！

血战呀！这伟大的滕城！

我们要与你共命！

我们要与你共存！

## 六

他杀死我们一个，我们便打他一双；

他冲进我们的堡垒，血肉就是抵抗他的城墙。

飞机更不稀奇，谁也不容易沾到炸弹的光。

坦克一点也无用，一个个都睡在我们的地上。

## 七

他轰塌了我们的工事，我们一个个地接着上。
我们冲进他的阵地，他只敢用大炮联珠般的放。
他打碎了我们的血肉，却打不碎我们的忠勇心肠。
我们虽然丧失了尸体，我们却放出崇高的光芒。

## 八

拿出我们的骨肉，建筑坚固的堡垒；
拿出我们的沸血，融化野兽的倭鬼；
拿定我们的意旨，把敌人的阴谋粉碎；
拿定我们的拳头，把蛮横的暴力打退。

## 九

别了亲爱的家庭，把骨头建筑金字塔在疆场！
别了亲爱的伙伴，把热血抛洒一点不悲伤！
别了亲爱的长官，把最后牺牲表示这衷肠！
别了亲爱的同胞，把倭寇削平大家齐欢唱。

## 十

展开的血战，立刻到了眼前。
胜利的曙光，已直射在身边。
伙伴们，一齐杀敌共争先；
同胞们，群起图存莫迟延。

## 十一

滕县英灵的骸骨，已做了抵抗倭寇的国防；
滕县英灵的热血，已做了沉沦倭寇的海洋；

滕县英灵的悲壮，已与整个的国家共荣光；

滕县英灵的遗志，已保留在每一个人的心上。

1938 年 4 月

# 血战滕县诗六首

钟朗华①

## 滕县战役

一自倭军下济南，　　名城迭失徐州急。

川军奉命星火驰，　　鲁南正面拒强敌。

总部指挥驻临城，②　　滕县前线布我军。

自从三月上旬起，　　邹兖敌寇大增兵。

孙总视察赴前线，③　　重布我军扑凶焰。

卫国守土严令申，　　滕县外围起激战。

敌军步骑夹炮空，　　主力绕向滕县攻。

城内守兵三千人，　　城外敌军众逾万。

部队作战隔前沿，　　援军避敌转旁县。④

大炮轰城动地惊，　　敌机炸弹如雨倾。

孤军守城王师长，　　弹尽援绝血肉拼。

如潮敌兵涌城阙，　　逐街逐巷战惨烈。

将军瞑目中弹亡，　　电话连呼无人接。

---

① 钟朗华，自贡市人，生于 1909 年，上海大夏大学毕业，曾任二十二集团军总司令部秘书、高参等，胜利后从事教育工作。

② 川军指挥部设临城，即现在的薛城。

③ 邓锡侯奉命调回，孙震副总司令指挥滕县战役。

④ 军委会调汤恩伯部增援，汤部到临城北，由官桥向抱犊崮山区转进。

滕县血战持三天，　　健儿卫国尽身捐。
赢得时间大军集，　　台庄大战顽寇歼。
滕城死烈敌胆慑，　　抗战史上光烨烨。

## 王铭章将军追悼会

将军与土共存亡，　　此日同胞悼国殇。
大好河山犹未复，　　英风继起赴疆场。

## 从　戎

大厦扶危共一衷，　　卢沟炮响我从戎。
驰师晋北天飞雪，①　　抗敌鲁南战血红。

## 会晤郁达夫先生

冲天一炮记沉沦，　　烽火徐州得识荆。②
才向台庄劳将士，　　征车仆仆又南行。③

## 观《血战台儿庄》影片

一

炮声裂地扑刀枪，　　头白重观旧战场。
寸土不容强寇占，　　我军杀敌台儿庄。

---

① 川军北上抗日，先赴山西后奉调鲁南。
② 识荆，初识面之敬辞。李白《与韩荆州书》："生不用封万户侯，但愿一识韩荆州。"
③ 1938 年春，台儿庄大战时，郁达夫率武汉文化界慰问团前往徐州慰问将士，曾到台儿庄车站、北城头观战。

## 二

鲁南三月战云横，　　血守滕城敌胆惊。
曾忆当年观电报，①　　将军虽死尚犹生。

# 凭吊王铭章将军铜像遗址

谢敦和

昔日英雄像，　　今朝何处寻？②
聊握无私笔，　　吟诗代史乘。

# 悼王铭章师长

谢和赓

风萧萧兮易水寒，　　猛将铭章不复还。
率师三千战万敌，③　　牺牲换得危局安。

# 滕县城的故事

商延民

钢铁铸就的身躯，
手榴弹和大刀
是我的两只手。

---

　　① 影片中出现王铭章的镜头，作者1938年在二十二集团军曾见王将军给孙副总令最后来电有"决心死拼，以报国家，以报知遇"之语。
　　② 王铭章尸体移运故乡四川新都埋葬，立碑并铸有铜像，后遭损坏。
　　③ 一二二师留城兵力加之县保安大队不足3000人。

天府之国的热土，

养育的一群

顶天立地的汉子。

尽着军人的天职，

实践着"城存与存，城亡与亡"的誓言。

面对钢铁，

武装到头发梢的日军，

他们用

牙齿手指肋骨，

撕下敌人"武士道"的威风，

惩罚着侵略者的野蛮兽性。

王铭章师长的英魂，

接过岳飞

壮书《满江红》的大笔，

在滕县古城每一寸街巷，

都蘸写了一个故事。

故事沸腾着热血，

至今泣着鬼神。

# 血战滕县

(时调)

李 昂

自从去年七月正，　　　倭寇炮轰宛平城。

咱们弟兄真正恨，　　　吼声冲天入云霄。

南北战场烽火起，　　　杀死不少强盗兵。

土地虽然失几省，　　　不久要他还主人。

至今已有八月整，① 咱们越打越精神。

敌人全身已没劲， 全靠飞机来吓人。

这些那些且不讲， 单说血战滕县城。

鲁南日前本沉静， 三月敌人大增兵。

八个师团向我攻， 步兵骑兵机械兵。

联珠大炮天地震， 工事轰得一坦平。

坦克车子正面进， 大兵两面围我们。

弟兄不顾生和死， 拿起大刀和他拼。

城内人数少得很， 仅仅只有七连人。

北面山林小路径， 发现一股强盗兵。②

陈师长值得人尊敬，③ 率领两连挡日兵。

刚要把个小村进， 庄内传来枪炮声。

士兵纷纷被击倒， 原来村内有敌人。

战士高喊冲过去， 不见一个转回程。

陈师长受伤地下滚， 滚下土沟来藏身。

几个善良老百姓， 帮着师长脱险境。

这些事情且不论， 贼兵已经围拢城。

炮声隆隆地皮震， 雉堞城楼化灰烬。

房屋着了烧夷弹， 火光照着血染城。

为了民族的生存， 下了牺牲的决心。

王师长本来就英俊， 从容不迫指挥兵。

冒着弹雨喊口令， 垒卵危局靠他撑。

尘土满天炮声紧， 飞机喳喳逞凶横。

东南城墙被轰毁， 轰得如地一样平。

---

① 自"七七事变"到1938年2月日军进犯邹滕整8个月。
② 日军进攻滕县，避实就虚由正面进犯转之东北龙阳山方向进攻滕城。
③ 指陈离师长，时任一二七师师长兼四十五军前敌总指挥，在香城、界河一带部署防线，后在南沙河战斗中被敌机枪射击负伤，朱德即致电慰问："鲁南喋血，卒挽危局，捷报传来，惊闻裹伤督战，几陷重围，弥深怀念。"

忙把盐包堵缺口，①　　　大炮轰过贼入城。

前仆后继不顾命，　　　城头内外血殷红。

王师长登城来督战，　　不幸中弹命归终。②

县长周侗爱国人，　　　同时也把身来殉。③

旅长团长参谋长，　　　为国捐躯不少人。

忠魂绕绕人尊敬，　　　不愧炎黄的子孙。

猛烈巷战又开始，　　　大刀乱砍强盗兵。

咱们弟兄牺牲尽，　　　只剩几百带伤兵。

伤兵勇敢对敌狠，　　　躺在地上等敌人。

血手紧紧握枪柄，　　　见了一人杀一人。

手榴弹全都投尽，　　　敌人见了都寒心。

剩颗子弹自己用，　　　全都自杀成了仁。

烟雾满天房烧尽，　　　血水成流尸满城。

滕县虽然沦敌手，　　　保卫徐州功不轻。

视死如归英雄汉，　　　杀身成仁国人颂。④

守土有责记得稳，　　　不愧堂堂中国人。

咱们若是要翻身，　　　贪生怕死决不行。

焦土抗战要实行，⑤　　胜利才会有保证。

敌人虽有好枪炮，　　　我们却有铁的心。

铁的心连铁的心，　　　连成一座新长城。

踏着先烈脚步走，　　　前途自然有光明。

---

① 当时东门外有盐店，库存大宗盐包。

② 王铭章师长本想去城西指挥部队，登上城墙受伤，自戕殉城。

③ 周侗在城内沦陷后，缒城而去，此役中没有牺牲。

④ 滕县保卫战阻击日军三天两夜。为台儿庄孙连仲部布防，击溃日本侵略军赢得了时间，奠定了基础。

⑤ 当时日本提出"焦土外交"，李宗仁将军提出"焦土抗战"。

# 忆秦娥

赵厚昌①

庆胜节,② 难忘卢沟烟尘月。烟尘月,滕城呐喊,奋起拼搏。

还我山河从头说,征衣尽染倭夷血。倭夷血,尸陈战地,祭吾先烈。

# 赞川军赴鲁抗战

巴　川

烽烟永志台儿庄,　　　卅万雄师扫日狂。

捷报飞传惊世界,　　　黄孙数亿奋鹰扬。

# 川军出川抗战

刘启柏

百万川军出蜀门,　　　血飞齐鲁薄燕云。

大江南北烽烟里,　　　单衣草履为国魂。

1994 年 4 月

---

① 作者生于 1923 年,山东滕州市人,系鲁干班 19 期,十六总队二大队步科,毕业后即赴前线抗战。

② 指 1995 年抗日战争胜利五十周年。

张庞抗倭沂水边
金铖战鼓壮河山

# 悼张自忠①

### 董必武

汉水东流逝不还，　　　将军忠勇震瀛寰。
裹尸马革南瓜店，②　　三载平芜血尚斑。③

1943 年 5 月 16 日

# 哭张自忠

### 李宗仁

英雄肝胆照乾坤，　　　马革裹尸为国魂。
古郵战场血泪洒，　　　天愁地惨哭将军。

# 赞张自忠辞

### 郭沫若④

云山贵乎惇惇之嘉名，
以修能重其内美，
自有取舍进退之权衡。
曾举世非之，

---

① 张自忠，字荩忱，生于 1891 年，山东临清人。1938 年台儿庄大战时任五十九军军长，在临沂同庞炳勋四十军协力击溃日军板垣师团。后参加武汉会战，1940 年 5 月 16 日在襄樊战役中殉国。董老在张自忠牺牲三周年时，写诗悼念。
② 南瓜店，湖北地名，张自忠牺牲地。
③ 言血迹犹在。
④ 作者当时任军事委员会政治部第三厅厅长。

而未尝加阻；

纵举世誉之，

亦何所溢乎其风声！

日月失其耀，

雷霆失其鸣，

泰岱失其高，

金石失其贞，

更何有于雕虫小技之营营！

余惟知寇犹未灭，

毅魄必常附旗旌。

直向目标迈进，

偕国旗而永生。

荩忱将军千古！

1941 年 6 月 20 日赞

# 哀 辞

于右任①

其立志也坚，　　其制行也烈。

初啮齿于危疆，　　终受命于前敌。

身死功成，　　永为民族之光荣。

是军人之圭臬。

---

① 于右任，号伯循。陕西三原人，时为国民政府委员。

# 画　眉

冯玉祥①

| | |
|---|---|
| 画眉鸟， | 满山叫。 |
| 像什么？ | 哭又笑。 |
| 哭什么？ | 哭荩忱。 |
| 笑什么？ | 笑混人。 |

荩忱精忠为国报一死，

混人愚昧卑怯自沉沦。

## 他在临沂揭开了胜利的序幕②

臧克家③

谁不闻名兰陵美酒？

谁不知道太白的名句？

像是有意叫英雄去配诗人，

千百年后，张自忠，他在临沂

揭开了胜利的序幕。

四月天，桃花开红了茶山，④

四月天，绿柳排在沂水两岸，

---

① 冯玉祥，号焕章，安徽巢县人。时为军事委员会副委员长。闻张自忠殉国，边哭边写，即兴成诗。

② 此诗是《诗颂张自忠》全诗中的第二部分。原诗是为老舍创作的四幕话剧《张自忠》而写的幕前诗，所选第二部分是话剧第二幕的幕前诗。

③ 臧克家，山东诸城人，著名诗人。1938 年春到台儿庄战地采访，曾写《津浦北线血战记》、《三吊台儿庄》等。

④ 茶山，即茶叶山，位于临沂城北。

四月天，敌人的大军

想穿过这铁的篱笆，

向台儿庄去增援。

敌人，有猛虎一般的坦克开路，

有吼叫的大炮洒下弹雨，

战车在地上冲撞，

飞机在天空下弹，

他们的人数是压倒的形势，

他们的将军名字叫板垣！

这一军，奉命抵在这右翼，

要做成一道阻止洪流的大堤。

可是要问：敌人面对着的

有多大实力？

一军，不过是一个夸大的名义。

他们从南宿州打到浍水，①

从浍水打到临沂，

困顿，劳疲，身子变成了人的重负，

四月天的破棉袄上爬动着虱子。

再也不能打了，

人人要求着休息；

再也不能打了，

枪械也要求补充、疗治；

再也不能打了，

已经整个儿累倒——

连人带马，连心带身子。

外边有强硬的大敌，

---

① 张自忠的五十九军原防守淮河一线，临沂吃紧，奉李宗仁之命，赶赴临沂同庞炳勋四十军协同击溃板垣部。宿州、浍水均在安徽省。

加上内奸，蒙一张"朋友"的皮。

一个在战场上，

用枪炮攻打他的阵地；

一个在身边，

用"必败论"攻打他的意志。

张自忠，他心上画定一条界线：

抗战的，仇人也是朋友；

破坏抗战的，朋友也是仇敌！

张自忠，他立下了一个决心：

后退就是死，只有前进！

论人数，论枪械，

他们都落在敌人后面。

可是七天七夜，我们把胜利的大旗

插在敌人的死尸中间；

七天七夜，我们把胜利的大旗

插上了茶山。

哪里吃紧，张自忠，他赶到哪里，

他赶到哪里，哪里便一阵疯狂。

他是一颗明亮的将星，

到处放射出灿烂的光芒。

板垣，张自忠；张自忠，板垣。

这两个名字碰到一起，便不能双全！

张自忠，他给自己打了个比喻，

他说"我是一只野牛，

听见枪声我就拼命地向前！"

他的勇敢传染了每一个官兵，

他的牺牲精神，

使他许许多多的干部做了牺牲。

这些干部

像树木，经过他多年苦心的培植，

在必要的时候死了，为了他，

为了国家，为了胜利。

胜利的消息给他阴暗了许久的脸上

开出一朵笑，

这笑里，含着甜，含着苦，

含着多么复杂的味道。

# 台儿庄大战五十五周年

谢守清[①]

台儿庄役继平型，　　　斩将搴旗天地惊。

征鼓临沂寒敌胆，　　　金汤滕县誓干城。

指挥若定徐州日，　　　礼敬犹闻战伐声。

世纪风云摇剑佩，　　　春秋五五怒涛平。

# 七　律

闻鲁南捷报，晋边浙北迭有收获，而南京傀儡登场。

郁达夫[②]

大战临城捷讯驰，　　　倭夷一蹶势难支。

拼成焦土非无策，　　　痛饮黄龙自有期。

晋陕河山连朔漠，　　　东南旗鼓壮偏师。

---

① 谢守清，四川隆昌县人，生于 1919 年。原中央大学毕业，一直任教，高级讲师、中华诗词学会会员、泸州市诗词学会理事、市诗画院副院长。

② 郁达夫（1896—1945），1938 年 4 月，台儿庄大捷后，率武汉文化界慰问团到战地慰问抗日将士，写了不少诗歌。

怜他傀儡登场日，　　　正是斜阳欲坠时。

## 怀念张荩公将军

别志南①

风云叱咤张荩公，　　　文韬武略负盛名。
一身兼备德仁勇，　　　首战临沂犹峥嵘。

## 台儿庄大捷

王陆一

铁券河山战鼓殷，　　　临沂春服万朱颜。
公仇十世无情报，　　　狂痨千营一夕烟。
皇汉大风芒砀际，②　　　元戎神武指掌间。
台儿庄畔明明月，　　　起为中兴照故关。

## 思念张自忠

董必武

男儿抗日死沙场，　　　青史名垂姓字香。
中原尚有英灵护，　　　怎让倭奴乱逞狂。

1944 年 5 月 16 日

---

① 别志南，生于 1915 年，山东安邱人。台儿庄大战时任二十七师兵站上尉站员，负责战时运送弹药，战后打扫战场。曾多次来台儿庄参加纪念活动，留诗颇多。

② 皇汉，指刘邦。大风，指《大风歌》。芒、砀，地名，在苏鲁交界，离刘邦家乡沛县很近。

# 赞张自忠庞炳勋

李凤鸣①

沂河水赤血横流，　　　　板垣凶焰一旦收。②
徐州外围鸣战鼓，　　　　临沂城上起碉楼。
誓存豊壁巡阳志，　　　　力保山河定远谋。
同心协力破强寇，　　　　赢得青史美名留。

# 血战临沂

刘启柏

张庞抗倭沂水边，　　　　肉搏汪营声震天。
枭敌板垣终受挫，　　　　金钲战鼓壮河山。

# 抗日名将张自忠

仲跻培③

卢沟桥畔炮声隆，　　　　名将抗倭豪气雄。
泜水河边震寇胆，　　　　临沂城下挫垣戎。
徐州会战军心壮，　　　　随枣传捷碧血红。④

---

①　李凤鸣，1938 年在临沂抗击板垣师团时任庞炳勋四十军参谋长，此诗写于台北。
②　板垣，即日本第五师团长板垣征四郎，1885 年生于日本岩手县，日陆军大学毕业。1928 年策划皇姑屯事件，1931 年制造九一八事变。1938 年春由台淮路进犯临沂，1945 年被判绞刑。
③　仲跻培，山东范县人，生于 1932 年，山东师范大学中文系毕业，聊城师范学院（今聊城大学）副教授。
④　随枣，鄂西随县、枣阳。

英杰长山殉难处，①　　　丰碑高耸入苍穹。

# 破天荒的战斗

冯云翼②

鏖战临沂杂牌军，③　　　破枪烂炮建殊勋。
强敌败走三舍地，　　　中外震惊传奇闻。

# 咏孤胆下士卜光兴④

冯云翼

万马军中闯敌围，　　　单身奋勇逞雄威。
腰悬刀剑偷营去，　　　手刃酋头大步归。

# 战鲁南

马英健

抗日战争烽火天，　　　倭寇悍然犯鲁南。
中华儿女多悲壮，　　　昂首高歌迎向前。

临沂之战挫板垣，⑤　　　击其凶芒敌胆寒。

---

① 长山，湖北十里长山，张自忠牺牲于此，建有纪念塔。
② 冯云翼，系1938年临沂战役时的战地记者，后住台北市。
③ 张自忠的五十九军原为冯玉祥的西北军，庞炳勋的四十军系地方部队，均不属嫡系。
④ 卜光兴系庞部第四十军补充团机枪二连下士，在埝庄攻击日军时，是垂死队队员。常独来独往，缴获颇多，屡建奇功。
⑤ 日军第五师团板垣征四郎于1938年3月12日，沿台潍公路进犯临沂，遭张、庞两军协力抵抗，板垣部溃退蒙阴。

滕城守备真壮烈，① 　鲜血洒遍荆河畔。②

一一五师罗荣桓，③ 　率部东进滕峄边。

运河两岸红旗飘， 　挥师南进下临郯。

坚持抗战历八年， 　山山水水尽踏遍。

胜利之日到来时， 　党政军民笑开颜。

# 梅花山

## 张庆宜④

雨台丘麓无梅花，⑤ 　权展忠槟山易名。

黄土难记国破恨， 　六尺碑立民族灵。

# 宜城祭

## 张庆宜

乙丑先祖九五忌，⑥ 　纵横宜城闻哭声。

父老历述悲歌壮， 　汉水赐韵润笔墨。

先祖封疆国破后， 　千秋功业抗倭威。

喜峰夜战国勋重， 　鲁鄂军功双峰峥。

临沂战后国威振， 　鄂北万魂返东瀛。

---

① 日军第十师团矶谷廉介于 1938 年 3 月 16 日进犯滕县，与板垣遥相呼应，成钳形战术，欲饮马运河会师台儿庄。

② 荆河在滕县城东。

③ 1939 年 3 月，八路军一一五师挺进山东，在抱犊崮山区开辟抗日根据地。

④ 张庆宜，系张自忠之孙。

⑤ 张自忠移葬于雨台山，在重庆北碚，后改名梅花山。

⑥ 乙丑年即 1986 年，张自忠诞辰 95 周年。

梦中难忘沂河岸，逾百连长易新名。
板垣折半退七十，愕问可遇岳家兵？
每仗回首数落弹，历险喜奏凯歌笙。
转战一生无败绩，兵围总戎战功升。
守河挥兵三十万，河西威扬上将旗。
四赴江东遗一恨，杀尽敌酋意始平。
四渡襄江窑湾渡，江东五师奋马迎。
阵前亲聆将军令，三军齐吼死为荣。
倭奴惊悉将军在，喋惧战神马蹄轻。
北进大胜梅高庙，奉令南截两路征。
名将挥师敌破译，三面围攻武术营。
五月十六南瓜店，颓垣一片磨盘倾。
短枪尽做长枪用，缠臂奋呼鬼神惊。
近卫千人同难尽，英烈殉国千秋功。
苍天不解赐名训，泪干我知庆宜城。①
泛江立雨天有泪，扶桑初造陈集茔。②
移榇灵车宜昌去，半日路程二日行。
村村香酒遮路祭，孝兵心碎感至诚。
跪扶老妪扶老叟，垂髫不动声嘤嘤。
只说老母病无力，悲凉夜起做肴蒸。
将军本是鲁西人，不善食谷黑豆生。③
我待将军朝日醒，送罢炊蒸母心宁。
灵车过后人不动，从此家家有戎丁。
刘猴镇前堞霓路，险坷似诉华北情。④

---

① 张自忠为孙起名庆宜，巧牺牲于宜城。

② 扶桑，日本。日军发现牺牲者是张自忠，在民间征用棺材，葬将军于陈集，后我军移棺重庆。

③ 在战时百姓送黑豆给将军充饥，5 月 16 日，豆未熟，釜为弹破。

④ 华北已亡，人民流离他乡。

捧节樽俎人鬼怨，　　　无恨十万大刀青。

史铭宜昌灵船待，　　　入蜀十万人送倾。

全城众呼将军为，　　　我去送君何惧敌。

机狞大江码头飞，　　　拥启渝州船祭供。①

特牲陪都百官扶，②　　　朱德公祭杨家坪。

民族英雄张自忠，　　　延安重庆同一声。

梅花山上权厝墓，　　　山下田汉诗声铮。

以躯为弹军人份，　　　和血吞牙国士心。

九十五岁诞辰日，　　　万家烟花破凌晨。

飞鹤迟报日降讯，　　　泪湿邸抄墓前陈。

风流周郎浪淘尽，　　　炎黄子孙代代新。

文山不在正气在，③　　　先祖淡泊重精神。

魂系九州成一统，　　　海峡不隔香烛尘。

我望国共再合作，　　　共修陵墓策后人。

呈于丁卯春④

# 悼念张自忠

## 徐燕谋⑤

丰功盛烈，已勒鼎鼐，⑥而铭旌堂矣！自济南沦陷，顽敌若狼奔豕突，海澨被兵，徐淮告警。于时，苍头特起，⑦提一垒孤军，刀挫凶锋，

---

① 渝州，即重庆别名。

② 陪都，旧时在首都外另设的一个首都。此时甫京已沦陷，国民政府迁重庆，所以称陪都。

③ 文山，文天祥。

④ 丁卯即1988年。

⑤ 徐燕谋，即徐祖诒，生于1894年，江苏昆山人，毕业于日本陆军大学，在奉军服务。九一八后任军令部第一厅厅长，1938年台儿庄大战时任第五战区参谋长，曾赴临沂协调张自忠与庞炳勋部"以攻代守"，击溃板垣师团。

⑥ 勒，铭刻。鼎，大。

⑦ 苍头，士兵。指抗日军兴。

遂振台儿庄胜利先声。年来抚绥荆楚，鏖战汉津，少保旌旗，尽识精忠二字，关侯刀镮，奚止斩馘万级。今夏寇虏狡笃思逞，亟飞桡横渡，策马直前，方期歼彼丑类，还我河山，复兴勋业媲林戚。

诔德招魂，宁志金兰，以抒悲痛乎！忆苏北订交，挚情如蹶负驱依，聚米指画，借著运筹。当日赤诚互披，竭两人智虑，激励疲敌，共支临沂阽危之局。从此析解疑难，咨商钜细，季布高义，① 快得诺重千金，温峤守要，无越雷池半步。讵知噩耗远道惊传，何沴戾为菑。将星遽殒，轸怀屯查琴声，② 不殊风物，怅望辒辌愧范张。③

# 浩气在人间

## 王　庄

血染南瓜店，　　　　安息梅花山。
忠烈千秋颂，　　　　浩气在人间。

# 拜谒张自忠殉国纪念碑

## 方淑慎

独自盘旋山路上，　　　弯弯曲曲似回肠。
哀哀泪黄清明雨，　　　洒在坟前代酒浆。

---

① 季布，很少发表高见。
② 轸怀，悲痛。琴声，知音。
③ 辒辌，古代的一种车，本指安车，后因常用载丧，故为丧车。

# 沂河流水潺潺

商延民

平型关的烽火台,
碰破了板垣征四郎的脸。
"铁军"的桂冠,
已被砸得稀巴烂。
板垣发着疯,
铁蹄转向了胶州湾。
黄海边的一颗翠珠,
发着呻吟,
色也黯然。

已是桃花三月,
金雀山的金雀,
银雀山的银雀,
面对蟒蛇的血口,
抖振着金翅银膀,
护着巢中的完卵。

书圣的神笔,
蘸起沂河的水,
在《孙子兵法》的竹简上,
写下了一个神圣的"战"。

庞炳勋布防,
张自忠打援。
血浓于水,

酱咸是盐。

昔日对头，

捐弃前嫌，

并肩奋战。

烧红的老套筒，

半炸的手榴弹，

鬼见愁的大刀，

铸成沂河的钢铁防线。

短兵相接，

肉搏拉锯。

鬼子尸横，

沂河水断，

血流水涨映红天。

什么"皇军精锐"？

什么"武运长久"？

咆哮的沂水冲得神话破产。

皇军的威风，

成了丧家犬的尾巴。

沂河流水，

确要永远潺潺。

1988年3月

# 临郯青年救国团团歌

佚　名

苍山浮着白云，

沂河流着黄金。

这儿是抗战的据点，

鲁南的中心。

这儿土地肥美，

养活了我们的祖宗和我们。

我们为了生存，

下定了抗战的决心。

我们活泼、勇敢、朴实、坚定，

更有牺牲的精神。

团结，团结临郯青年，

大家一条心！

一面抗战，一面学习，

更要负起救国的责任！

不避艰险，不怕困难，

我们推着时代，

时代推着我们。

1938 年 3 月

# 大战纪念馆献词

刘洪书　洪大中　尹心田①

巍巍昆仑，　　伟大将军。

顶天立地，　　誓作国魂。

壮哉斯言，　　抗倭经殉。

举国沉痛，　　痛哭盖忱。

曾随左右，　　参秘职分。

公性刚直，　　忠国爱民。

---

① 作者为张自忠的部下，曾参加过临沂防守战。

恩威兼备，　　　部属归心。

徐州会战，　　　报国志申。

初战南线，　　　勇冠三军。

乘胜追击，　　　直迫淮滨。

于军解围，　　　感誉将军。

北线告急，　　　驰援炳勋。

昼夜兼行，　　　百八十程。

临沂野战，　　　将军誓盟。

打败板垣，　　　敲敌警钟。

茶山之役，　　　刘家湖镇。

三失三得，　　　拼死冲锋。

官佐牺牲，　　　士兵主攻。

有进无退，　　　将军严令。

板垣丧胆，　　　仓皇逃命。

祝捷贺电，　　　飞向军中。

全国振奋，　　　信心倍增。

再援临沂，　　　大张旗鼓。

血染沂水，　　　分割矶谷。

三战皆捷，　　　爱国精神。

缅怀先烈，　　　壮气凌云。

参战余生，　　　愿作笔耕。

表彰忠烈，　　　终生是从。

台馆落成，　　　烈士留名。

意义深远，　　　万古长青。

隆重纪念，　　　生者哀荣。

党的关怀，　　　感激涕零。

癸酉年春月于金陵①

---

①　癸酉年即1993年，是年台儿庄大战纪念馆竣工落成。

台儿庄内血染红
金陵寺外挫顽凶

# 台儿庄大战

冯玉祥①

徐州东北台儿庄，　　军事据点为最上。

倭寇来攻打，　　主力移此方。

矶谷各师称劲旅，　　孤军深入半阵亡。

飞机掷炸弹，　　大炮火力强。

一月以来争夺战，　　杀得强盗心胆丧。

最近后路断，　　敌难运弹粮。

我军许多敢死队，　　屡袭敌营更难防。

一次杀五百，　　十次五千亡。

我军官长受了伤，　　依旧督战在前方。

伤处加捆扎，　　一人百可当。

还有高级各将领，　　遗嘱写好寄家乡。

宁死不能退，　　与土共存亡。

战区司令着运筹，　　发动民族大力量。

军民成一片，　　胜利有保障。

最高调动大军者，　　心平气和不慌张。

胜数在胸中，　　筹划早周详。

再说寇军被围困，　　既无子弹又无粮。

我军乘机攻，　　勇猛不可挡。

---

① 坚守台儿庄的第二集团军原属冯玉祥的西北军，大战时冯不断从武汉打电话激励将士英勇杀敌："保住台儿庄，保住西北军的抗战荣誉，不要给西北军丢脸。"冯闻台儿庄大捷，欣然命笔，当夜赋诗以记。

汤将军有进无退，①      孙指挥谋略非常。②

关抄敌背后，③      曹从北面上。④

一步一步层层围，      敌如瓮鳖大恐慌，

一冲死八百，      再冲两千丧。

运河之水成赤红，      我军士气更奋扬。

一度杀上前，      再度往前撞。

寇部溃乱不成军，      一千两千来投降。

我军三总攻，      寇已不能抗。

倭寇死伤两万余，⑤      缴获兵器难计量。

临沂大胜后，      这是第二仗。

此次胜利实空前，      革命史上垂荣光。

价值无比拟，      人人不能忘。

从此打下好基础，      最后胜利已稳当。

我们更奋发，      我们更图强。

细心检讨胜利因，⑥      争取更大之胜仗。

各界快起来，      努力来追上。

倭寇实力已难支，      失地收复麦未黄。⑦

1938 年 4 月 7 日夜

---

① 汤将军，指汤恩伯二十军团驻抱犊崮山区。

② 孙指挥，指孙连仲，时为第二集团军总司令，辖二十七师、三十师、三十一师、四十四旅坚守台儿庄。

③ 指关麟征，系汤部五十二军军长。

④ 曹福林，第三集团军韩复榘被杀后，代为指挥。

⑤ 滕县、临沂、台儿庄之役，日军共伤亡 11984 人。当时报道 2 万余人是估计数字。

⑥ 检讨，检查总结之意。

⑦ 4 月 6 日，我军反攻，日军不支，溃退峄县城内喘息，汤部郑洞国二师追击至城东双山、姑嫂山。鲁南地区麦黄一般在 6 月初。

# 此役皆因台儿庄<sup>①</sup>

冯玉祥

麦未黄，麦未黄，麦未黄时打胜仗。<sup>②</sup>

打胜仗，缴炮枪，此役皆因台儿庄。

台儿庄，打东洋，中国军民斗志昂。

斗志昂，齐奋起，要把侵略者消灭光。

1938 年秋

# 七律三首

李品仙<sup>③</sup>

## 一

颓垣残宇断荒鸡，　　半壁河山遍铁蹄。

满目疮痍哀雁户，　　一腔血泪鼓征鼙。

卧薪尝胆思勾践，　　采蕨餐薇耻叔齐。

大好神州陷丑虏，　　狼烟起处海天低。

## 二

连营百里正阳关，<sup>④</sup>　　刀戟寒光耀九寰。

---

①　1938 年秋，冯玉祥将军又续了这首诗，题赠给他的随员李平一同志。李原为军事委员会少将参议，后为河南省政协委员。

②　此诗是前一首的续诗，用了前首末句三字开头，联珠修辞，保持了冯先生诗的通俗上口的特点。

③　李品仙系十一集团军总司令，台儿庄大战时，率广西部队在淮河防线阻击日军北上徐州。

④　正阳关，地名。在今甘肃西敦煌市。

八桂精英来岭表,①　　两淮豪杰起田间。
旌旗远蔽符离野,②　　壁垒横跨大别山。
收复神京朝夕事,　　虾夷斩罢宝刀还。

### 三

武威营前柳色铺,　　漫天烽火掣征桴。
登坛飞将警三岛,　　越海妖魔扰五湖。
固筑长围新壁垒,　　便教顽寇坠冥途。
庆功筵奏铙歌曲,　　螳臂当车奈若遇。

# 血战台儿庄

## （歌词）③

### 孙连仲④

我们血战台儿庄,　　誓把鬼子消灭光。
杀敌有功保阵地,　　收复失地再北上。
弟兄奋战别后退,　　保家卫国人赞扬。
雄赳赳,气昂扬,　　我们坚守台儿庄。
大刀杀敌别后退,　　光荣牺牲美名扬。

---

①　八桂,指来自广西的桂军。
②　符离,安徽符离集。
③　此歌词是由亲历者回忆记录的,有误漏处,请参战者补正。
④　孙连仲,字仿鲁（1894—1990）,河北雄县人,冯玉祥西北军爱国将领,1938 年任第二集团军总司令。在台儿庄担任正面防御,顽强拼搏击溃日军。1990 年 8 月 14 日病逝台北市,享年 96 岁。

# 台儿庄大战诗四首

黄樵松①

## 台儿庄大战战歌

| | |
|---|---|
| 二十七师血战功， | 奋勇歼寇运河东。 |
| 绕击敌侧后， | 攻战前后彭。② |
| 师长督战涛沟桥， | 切断潘岔敌交通。③ |
| 肉搏又冲锋， | 血染山河红。 |
| 微山湖畔麦青青， | 台儿庄上血腥腥。 |
| 成仁王景山，④ | 取义董玉清。⑤ |
| 击溃板垣刘家湖，⑥ | 打败矶谷燕子井，⑦ |
| 马喋寇枭心， | 取笑鬼子兵。 |
| 运河北折东南流， | 台儿庄十日建奇猷。 |
| 粉碎敌人梦， | 洗尽民族羞。 |
| 完成先烈未尽志， | 誓将大节报国仇。 |
| 恢复旧神州， | 豪气壮千秋。 |

---

　　① 黄樵松，字道玄。原名黄德全（1907—1948），河南省尉氏县人。1938 年在台儿庄任二十七师师长，负责右翼防线。
　　② 指台儿庄附近的前、后彭楼村。
　　③ 涛沟桥、潘岔在台儿庄东北。
　　④ 王景山，河北永年县人，二十七师一五九团团附，台儿庄大战时用集束手榴弹炸日军坦克，被坦克压成肉泥而壮烈牺牲。
　　⑤ 董玉清，时为营长，牺牲于台儿庄。
　　⑥ 刘家湖，在台儿庄北，曾为日军的指挥所及炮兵阵地，被我敢死队高鸿立营长率队夺回。
　　⑦ 燕子井在台儿庄北。

# 莫忘山河碎

救国寸肠断，　　　　先烈血成河。
莫忘山河碎，　　　　岂敢享安乐。

# 榴　花

## ——悼念殉国将士

昨夜梦中炮声隆，　　　朝来满院榴花红。
英雄效命咫尺外，　　　榴花原是血染成。

# 消灭倭寇始除根①

戎马半生为人民，　　　寇仇罪恶日日深。
任凭顺逆时来往，　　　消灭倭奴始除根。
甘愿英华出盛世，　　　沟通中外力革新。
乘风破浪非虚语，　　　文明古国又逢春。

# 题幽兰赠黄樵松

## 任嗣衡

神州大地雨阴沉，　　　台庄战绩动鬼神。
宛城军民齐额手，②　　　愿将国香献亲人。

---

① 此诗是黄樵松师长写给南阳中学李校长和画家任嗣衡老师的。
② 宛城，即宛平城。

# 驰援台儿庄

贾亦斌①

当年血战台儿庄，　　千里驰援星夜忙。
马到兰封方喘息，②　　欣闻倭寇败沙场。

# 倭奴胆敢过鲁山

董万鹏

历史名城今犹在，　　醉卧疆场人未还。
陇海铁军威声震，　　倭奴胆敢过鲁山。

# 七　律

张　轸③

小序：1938 年 4 月 5 日前数天，我一一〇师在运河东北地区发动群众，协同游击。遂将泥沟、南洛敌人后方切断。板垣、矶谷两师团由台儿庄溃退。本师孤军深入，追击至白山西。敌即反攻，激战终日，我遂占领老虎山、卧虎岩战略要地。④

动员群众运河东，　　深入追奔气势雄。
卧虎山前摧敌垒，　　金陵寺外挫顽凶。⑤
犹惭未尽一方任，　　敢表从来百战功？

---

① 贾亦斌曾与蒋经国先生同过事，后任民革中央副主席、全国政协常委。
② 兰封，台儿庄西，陇海线上。
③ 张轸，二十军团一一〇师师长，守徐州北台儿庄西的韩庄运河防线。
④ 均在峄县西南，韩庄东北。
⑤ 卧虎山、金陵寺，在峄县西南。

万里长虹贯日月，　　　誓清妖雾化晴空。

# 角声唤我去铜山①

臧克家

古都神往二十年，　　　行脚匆匆八九天。
胜迹有情空处处，　　　角声唤我去铜山。

# 死灰里萌出了新生的嫩芽

臧克家

台儿庄，
红血洗过的战场。
一万条健儿②
在这里做了国殇。

他们的尸身，
是金石的标符。
台儿庄
是中华民族的领土！

在这里，
我们发挥了震天的威力；
在这里，
用血写就了伟大的史诗；
在这里，

---

① 铜山，在苏鲁交界，徐州北。作者1937年底在西安从事救亡活动。应友人电召去台儿庄从事战地工作。
② 台儿庄大战中，我军伤亡19000余人。

事实泄尽了敌人的底;①

在这里,

我们杀退了寇兵。

在残破的

北城头插上了国旗!

祝捷的欢呼

使全国疯狂。

胜利的荣光

一万丈长!

运河载起国魂远走,

直到它驻足以北的地方。

台儿庄一片灰烬

台儿庄的名字和时间争长。

东风吹罢,

死灰里萌出了新生的嫩芽。

1938 年 4 月 15 日于徐州

# 大战诗四首

## 田　汉②

## 悼念文化战士赵曙同志③

啊! 同志! 你竟做了文化的国殇!

---

① 日军鼓吹 "三个月亡华",已打了八个月,并在台儿庄溃败。

② 田汉,戏剧家,生于 1898 年,长沙人。抗战时在军委会政治部第三厅工作,组织抗战演剧队,到前线慰问将士。

③ 赵曙,山东人,生于 1913 年。1938 年 3 月到台儿庄前线慰问演出,在台儿庄的庙山子中弹牺牲。

这是我们的不幸，

失去了一位有力的战友；

这是你的幸运，

你能死在壮烈的沙场！

你的血肉变成了黄土，

依然保卫着家乡；

你的精神化成了星月，

依然放着战斗的光芒。

是的，我们进则存，退则亡，

分则弱，合则强，

团结一切力量，

打倒万恶的豺狼，

恢复我们的失地，

建立新的家邦。

啊！同志！你安眠吧！

久长！

啊，同志，你安眠吧！

胜利就在前方！

胜利就在前方！

## 和亚登《中国兵》①

信是天涯若毗邻，　　血潮花片汉皋春。

并肩共为文明战，　　横渡长征几拜伦。

---

① 亚登，英国诗人、小说家。台儿庄大战时任《新闻纪录报》记者，到战地采访，写了《中国兵》歌颂中国军人抗暴卫国的牺牲精神，田汉读后即和之。

# 家祭应先告太君①

徐州转战迄今至，　　上将归来鬓半丝。

带甲慈帏犹戏彩，　　一时千载未为迟。

几回敌溃不成军，　　孰致将军不世勋。

雄师尽扫倭氛日，　　家祭应先告太君。

# 七十四军军歌②

起来，

弟兄们是时候了，

我们向日本强盗反攻。

他侵犯我们国土，

他残杀妇女儿童，

我们保卫过京沪，

大战过兰封，

南浔线显精忠，③

张古上血染红。④

我们是人民的武力，

抗日的先锋。

人民的武力，

抗日的先锋。

---

① 此诗是田汉为李宗仁将军的母亲逝世写的挽诗。田汉 1938 年春到过徐州、台儿庄。

② 七十四军参加过台儿庄大战。

③ 浔，指九江。南浔，南京至九江。

④ 张古，指张家口、古北口。

# 毁家诗纪

郁达夫

千里劳军此一行，　　计程戒驿慎宵行。
春风渐绿中原土，　　大纛初明细柳营。
碛里碉壕连作寨，　　江东子弟妙知兵。
驱车直指彭城道，①　　伫看雄师复两京。②
水井沟头血战酣，　　台儿庄外夕阳昙。③
平原立马凝眸处，　　忽报奇师捷邳郯。④

# 七律·呈德公⑤

郁达夫

晋谒李长官后，西行道阻，时约同老友陈参谋东阜，登云龙山，避寇警，赋呈
德公。

道阻彭城十日间，⑥　　郊坰时复一跻攀。
地连齐鲁频传警，　　天为云龙别起山。⑦
壮海风怀如大范，　　长淮形胜比雄关，
指挥早定萧曹计，　　忍使苍生血泪般。

1938 年 4 月

---

① 彭城，即徐州。
② 两京，指南京、北京。
③ 昙，云彩。
④ 邳郯，指邳县、郯城。均在台儿庄东南。
⑤ 德公，李宗仁，字德邻。
⑥ 日军空袭，郁达夫停留徐州回不了武汉。
⑦ 云龙山在徐州南郊。

# 徐州是英雄的故乡

## （歌词）

冼星海①

徐州是古来的战场，
英雄的故乡。
挺起胸拿起枪，
冲锋向前上，
日本帝国主义一定灭亡。
血泪洒成河，
国旗放光芒，
中华民族永存世界上。

1938 年春　徐州

# 与民族永存

谢冰莹②

中国的土地，
一寸也不能失守。
台儿庄，
你伟大光荣的战史。
将与日月争辉，

---

①　冼星海，1937 年 9 月 14 日随上海救亡话剧团战地巡回演出队到徐州，在街头教唱救亡歌曲。
②　谢冰莹，湖南新化人，生于 1906 年。1938 年任《抗战日报》记者，到台儿庄采访。晚年居旧金山。著有《女兵自传》、《从军日记》等七十余部作品。

与民族永存。

1938 年 4 月 24 日夜，台儿庄归来。

# 赠谢冰莹女士①

何香凝②

征衣穿上到军中，　　巾帼英雄武士风。
锦绣江山惨遭祸，　　深闺娘子去从戎。

# 浪淘沙二首

张　轸

## 一

几渡寇猖狂，蹂躏河江，人民群起卫家帮。战马声嘶难入睡，日夜奔忙。

将士尽戎装，剑拔弩张，运河南北古战场。一到凯旋歌唱后，通饮辽阳。

## 二

红柳映桃江，游遍芳丛，晴空万里断飞鸿。天涯人不见，泪湿襟胸。

旧恨几重重，莫遂初衷，落花流水晚来风。一刻千金春去也，恨与谁同？

---

①　谢冰莹赴前线采访，写了《踏进伟大的战场台儿庄》等文章。何香凝女士十分赞扬谢女士的爱国精神，因而写诗赞颂。
②　何香凝，辛亥革命元老，国民党创始人之一，与廖仲恺先生一起多年追随孙中山，主张联俄、联共、扶助农工，主张国共合作。抗战时为建立抗日民族统一战线、为救亡运动做了大量的工作。

# 诉衷情

曹大铁①

三月望回家。适家祯来，言台儿庄战役中，我军大捷，喜极次放翁韵。

君来合谥醉乡侯，风雨话神州。万里腥膻如许，涕泪洒征裘。
怀故国，徂春秋，溯江流。连朝捷报，峄山原野，血溅芳州。

# 台儿庄大捷二首

胡厥文②

## 一

大炮飞机百不充，　　因教夷骑骋西东。
反攻端仗军心固，　　却敌还凭战术工。
将帅鬓添几茎白，　　士兵血染一山红。
遥知万岁千秋后，　　指点犹怀复载功。

## 二

如模世事到头空，　　着手贤愚迥不同。
连失两京犹索解，　　平吞三省复兴功。
笑看傀儡头衔大，③　　忍听权豪腰囊充。④

---

①　20世纪30年代作家，著有《大铁词残稿》。
②　胡厥文，政治活动家、实业家，中国民主建国会创始人之一。立志实业救国，办过机械
厂、五金厂等支援抗战。曾任全国人大常委会副委员长、民建中央主席等职。
③　指汉奸汪精卫。
④　指发国难财的人。

　　惟有忠贞自千古，　　　　　芳流百古钦英风。

1938 年 4 月

# 台儿庄大捷

## 丁　力

　　战鼙东来逞暴强，　　　　青徐前卫阵堂堂。

　　板垣矶谷何猖狂，　　　　倾师来寻古战场。

　　战场移至台儿庄，　　　　台儿庄上菜花黄。

　　将士用命慨以慷，　　　　冲锋不惜死与伤。

　　弹落如雨进未遑，　　　　多少健儿为国殇。

　　南北友军三路张，①　　　如火如荼又如汤。

　　战斗剧烈惨非常，　　　　丑类数万歼灭光。

　　观彼尸骨堆山冈，　　　　此役战果甚辉煌。

# 诉衷情

## 刘祖荫

　　台儿庄大战时，余在东北军一一一师五旅做党的地工作，随五旅驰援临沂。今填词以记，不忘昔日。

　　当年铁骑困沂州，烟火锁城楼。孤军号角声咽，日落卒稀愁。晨雾厚，奋黄骝，越荒陬，奇兵天降，再解重围，血染春秋。

---

　　①　指汤恩伯、曹福林、孙连仲各部，齐心协力痛击日军。

# 几多头颅几多血

### 丁　行①

人生自古谁无死，　不想男儿失意时。

几多头颅几多血，　换来解放改天地。

# 台儿庄捷响

——津浦线杂写之一

### 孙　望②

青草遍地长，

正是秣马时节。

我潮涌的战士，

仁将军的号令。

夜之杀伐展开，

有日章旗应声摧折。③

借着星光窥皇军的积尸，

运河之水已殷然不流了。

1938 年 4 月 9 日

---

① 丁行，山西人，台儿庄大战时任三十一师军法处主任，曾到西安招收战地服务团团员。抗战胜利后，在保定绥署任少将秘书，加入共产党，后在南京雨花台就义。

② 作者当时为战地记者，曾赴台儿庄前线采访。

③ 章，日军的标志。《礼记》郑玄注："旗章，旌旗及章识也。"

# 贺大战纪念馆落成

鲁崇义①

国破家亡发指冠，　　台儿庄役敌锋残。
民魂复活山河壮，　　血洒疆场日月寒。
三户翦秦除暴易，　　四行御寇力摧难。
英雄伟绩垂青史，　　共处和平举世安。

癸酉，时年九十又六

# 军民爱国心雄

王　莹②

台庄硝烟熊熊，　　石榴花开彤彤。③
将士无比英勇，　　军民爱国心雄。

# 石榴花开红艳艳，

王　莹

台儿庄的炮火震天撼地，
青翠的运河两边，

---

① 鲁崇义，1938 年任第二集团军三十军参谋处处长。曾任全国人大代表、重庆人大常委会副主任，系民革中央委员。
② 王莹，生于 1915 年，安徽芜湖人。1938 年在洪琛领导下赴台儿庄等地巡回演出。并创作了话剧《台儿庄》、《台儿庄之战》，后去南洋募捐演出，1942 年党派其同谢和赓赴美留学兼做国际统战工作。1955 年回国，任北京电影制片厂编剧。
③ 枣庄地区多石榴，历史已久，现有万亩石榴园。

石榴花开红艳艳，

啊，

我自幼爱它如梅似莲。

空中敌机狂轰滥炸，

地上大炮引起处处火烟。

杀声，

炮声震耳欲聋——

从街巷里到田野间。

我凝望着石榴花开一片片，

它象征烈士们把血肉奉献，

它象征了军民英勇的精神——

赴汤蹈火，

恐后争先！

石榴花开红艳艳，

它照亮了可爱的锦绣河山，

它鼓舞了军民抗敌愈战愈强。

啊！

祖国最后胜利终会换来新天。

1938 年 5 月大别山

# 忆旧游·回忆台儿庄大捷

## 李添能①

忆卢沟变起，民血膏锋，怒发冲冠，痛堂堂华夏，任魔蹄践土，板荡

---

①　作者生于 1925 年，四川古宋人，重庆大学毕业后从事教育工作，曾任教导主任、市政协常委、中华诗学会会员等。

中原。流亡黎庶千万，载道忍饥寒。继凯奏平型，台儿庄大捷，狮醒千峦。

斑斓，展图卷，看铁骨中华，跃马扬鞭。战线凝民族，大纛前导，水涌山燔。伏虎清妖时候，历史谱新篇。举目阁流丹，至今碧血染万山。

# 无名的战士

童晴岚

人们将记住，
你们的功绩，
虽然
　　你们
　　是无名的
你们的血
　　染红了
　　中华的土地，
　　筑起坚硬的堡垒，
用你们的肉体，
联结着每一个伙伴，
大家一齐，
　　握着枪，
瞄准，
射击；
　　听着冲锋号，
　　冲向前，
　　杀敌！
　　敌人倒下了，
在你们的手底。

你们有

流血的决心，

复仇的勇气！

新中华

是你们的血肉

所建起。

这，

无人会忘记！

# 咏台儿庄

李冰如

| | |
|---|---|
| 板垣矶谷两师团， | 精锐一宵化着烟。 |
| 如火如荼壮士血， | 光荣载入史书篇。 |

# 台儿庄感怀十二韵

孙建白[①]

| | |
|---|---|
| 雷电山河动， | 江海波浪腾。 |
| 日军兴罪恶， | 掀起侵略风。 |
| 强占东三省， | 又夺我北平。 |
| 中华无可忍， | 全国起战争。 |
| 矶谷板垣师， | 长驱古彭城。 |
| 飞机加大炮， | 来势何汹汹。 |
| 我军垒强阵， | 硬创此两熊。 |

---

① 孙建白，系华东煤炭学院教授。

委座临战视，　　砥砺将士诚。

身教王铭章，　　行育池峰城。

铭章身殉国，　　可泣可歌功。

总此两周战，　　举国唱英雄。

泪书此战史，　　不忘血流红。

# 忆济南

### 黄仲莘

拥兵东鲁焰高涨，①　　不顾唇亡卒自亡。

天堑黄河任飞渡，②　　中秋云梦笑齐王。

# 云台山抗日石刻③

### 张树庄

百里巍峨苍梧山，　　英雄抗日斗倭顽。

摩崖石刻书血志，④　　浩气长存天地间。

---

① 1938年韩复榘为第三集团军总司令、山东省主席。日军进攻时，放弃黄河防线开赴鲁西南，济南沦陷。

② 日军没费力就渡过黄河，占领济南，南下泰安、兖州，威逼滕县。

③ 台儿庄大战，板垣师团多次派兵从海上进犯连云港，受到我五十七军坚决抵抗。云台山在连云港。

④ 云台山上留有抗日将士明志守土的石刻。

# 十六字令

滕佩珂①

红，拼将血肉筑长城。卫祖国，青史永留名！

杀，驰骋沙场保国家。男儿志，铠甲溅红花！

红，台庄大捷血染成。众儿女，个个是英雄！

# 台儿庄礼赞

吕亮耕②

台儿庄，

你东方的坦能堡啊——③

我礼赞你，

掬出最深的敬意！

你是中华民族复兴的起点，

你是新奠定的胜利的基地。

你的名字

将永远活跃在四万万五千万人的心里。

火炬一样的辉煌！

这正好指出：

每个英雄的国士，

---

① 作者系华东煤炭学院教授。
② 作者系20世纪30年代记者、作家。
③ 坦能堡，波兰东部的一个村庄，也称格伦瓦尔德。1410年7月15日，波兰、立陶宛、俄罗斯及捷克、匈牙利等国组成联军同德意志和法国组成的条顿骑士团，发生了一次大战。联军英勇善战全歼德法骑士团精锐部队27000人，骑士团团长被击毙。史称坦能堡战役。

在你面前挺出名贵的斗姿。

扬起胜利的红旗,

扬起无数钢铁的胳膊——

叫敌人在歼灭战的战海中,

变成了一群耗子,

一群驯羊,

奔突不出这无边的火网。

紧迫的弹珠里容不下一丝犹疑,

什么武士道?

武士道也叫你们

屈膝在我巨人样战士的身旁!


台儿庄,

台儿庄,

我礼赞你,

大声地礼赞你!

你是敌人们被追奔逐北的绝地,

你是华夏健儿决斗生死的战场!

台儿庄,

别看那区区弹丸之地,

你是北方的锁钥,

江南的屏障。

你左拥山陵,

右挟湖沼,

你稳固的雄姿——

襟接着韩庄,①

袒护着崔巍的铜山!

---

① 韩庄在台儿庄东徐州北。

你屹立在运水的边上，

日夜听逝水荡荡。

愤怒的狂澜在你心里大转！

你抡起巨臂，

挺起胸膛，

要抵挡当地烽燧，

要粉碎敌人的顽强！

是的，

我知道你是咬紧牙关在等——

等这么一天，

你眼看，

成千万敌人倒在你的脚下。

无数华夏好男儿，

在飘扬的国旗下扯开笑脸。

让那摇动山岳，

掀起激流，

像火山一样爆裂起来的，

狂吼着接着狂吼——

"我们也有胜利的今天"！


台儿庄，

你东方的坦能堡啊——

我礼赞你，

我讴歌你，

你擎天的火影里，

正透视了我烁烂的新程。

无论北方——

前方或后方，

每个中国人久郁的面庞上，

掀开感谢的笑蕊,

不是骄矜,

是更深更深的坚定;

无论在东半球、西半球,

每个具有正义感的异邦人,

都将荣誉的花冠,

缀饰在你的名字上——

称颂你是新中国的前夜底,

透露着无限将来的曙光!

台儿庄,

你东方的坦能堡啊——

我礼赞你,

用我虔诚的心意。

愿四万万五千万人都来,

狂热地礼赞你,

讴歌你,

你是创造新中国光荣的界碑,

永远辉煌在每个中国人的心底!

台儿庄,

你东方的坦能堡啊——

我礼赞你,

我永远礼赞你!

1938 年 4 月

# 中国吞不下

商延民

东北早已吞到肚里

华北也进了嘴巴

南京三十万中国人的血肉

吃红了东条英机的眼睛

胃口越吃越馋

野心越吃越大

东条英机的双手

拍着"大东亚共荣圈"的肚子

说什么三个月

要把整个中国装下

运河的水

流到了一九三八

清澈的涟漪

化成了血泪的呜咽

东洋的枪炮

惊飞了泉城的一只乌鸦

台儿庄

这个东方文明河畔的小镇

却像一把铁锤

迎面砸塌了东条英机的鼻梁

也敲碎了他的两颗门牙

铁锤

锻造了中华的英魂

铁锤

击碎了"皇军不可战胜"的神话

铁锤

击醒了"皇道乐土"的美梦

天皇捂着脸

只好说真话

中国

我吞不下

# 大战台儿庄

## 刘田夫①

风云际会台儿庄，　　　一举歼俘二万强。

深算老谋魔若定，　　　狼奔豕突入毂亡。

捐躯良将尽忠死，　　　史册殷红永发光。

沂泗长流江底月，②　　　岱宗明月碧苍苍。③

# 赞罗芳圭团④

## 郑　平

克敌猛虎再冲锋，　　　台儿庄上建丰功。

团结奋斗摧强敌，　　　民族英雄万代崇。

---

①　刘田夫，四川省广安人，黄埔军校 15 期。本诗由阎绣文女士录于《黄埔师生抗日诗词集》（广东省黄埔军校同学会编）。

②　沂泗，指沂河、泗水，均在鲁南。

③　岱宗，指泰山。

④　罗芳圭，八十九师五二九团团长，大战中负重伤壮烈殉国。

# 七　律

——为庆祝抗战胜利 50 周年祭台儿庄战地烈士

赵厚昌

投笔从戎非为官，　　东倭宁次犯中原，

台庄一战惩敌寇，　　回顾先烈血未干。

1995 年清明

虎狼虽猛哪胜德
台儿庄名光史册

# 台儿庄大战纪实诗

## 谢和赓

　　回忆台儿庄大战的经过，我撰写了一组纪实史诗。其目的有二：一为说明此战役来龙去脉的真相；二为显示抗战时期，国共两党合作在抗日民族统一战线的感召下，我全民族军民爱国救国的团结精神和巨大力量，是永远值得子孙万代所崇敬而效法的。当时，我为白崇禧的机要秘书，又是周恩来直接掌握的中共党员，对周恩来、白崇禧、李宗仁的微妙关系有些了解。

　　在台儿庄大战的指挥者李宗仁将军诞辰100周年之际，特以拙诗聊表个人纪念他的微忱。

### 一

李公海量又谦和，　　　　军政贤才尽网罗。
若定指挥好将帅，　　　　成功不赋"大风歌"。

### 二

英明口号德公提，①　　　　军政结合生伟力。
凝聚官兵成一片，　　　　无坚不摧制顽敌。

### 三

北伐名将举世闻，②　　　　妙筹神算建功勋。
台庄一战誉千古，　　　　辅弼德公谨又勤。

### 四

幕僚参长是徐公，③　　　　寡语深沉智勇忠。
运筹周全呕心血，　　　　枪林弹雨益从容。

---

① 李公、德公均指李宗仁将军。
② 名将，指白崇禧，号称小诸葛。时任军委副总参，到第五战区协调指挥。
③ 徐公，徐祖诒，字燕谋。时任第五战区参谋长。

## 五

李白徐汉通话频,①     台庄战法早详论。
地形史籍研索遍,     未雨绸缪是胜因。

## 六

琪翔建议周白会,②     全部内情我略知。
友谊交谈前线事,     同心制敌党支持。

## 七

四刘参与此会商,③     开始为章论述详。
阵运游法齐采用,④     白周意见全同腔。

## 八

统一指挥各部队,⑤     周公对此最关心。
杂牌将士皆兄弟,     但望蒋公爱护深。

## 九

如能通令告军师,⑥     新四军援决不迟。
将士闻之必振奋,     同仇敌忾志坚持。

---

① 李宗仁来徐州后,白崇禧仍在武汉,夜间二人经常通话,谢记录后,间接转报周恩来。
② 黄琪翔时为军事委员会政治部副主任,曾建议白崇禧就台儿庄战事同周恩来、叶剑英会谈。
③ 四刘,刘斐、刘士毅、刘传、刘维周。
④ 周恩来提出阵地战、运动战、游击战相结合。
⑤ 白崇禧提出要李宗仁统一指挥参战各部,要求蒋公别插手。
⑥ 周恩来提出新四军在南线增援,陈再道在北线助战,通令各军各师以鼓舞士气,但蒋公没有通令告知各部队。

## 十

健公采纳周公意，①　　　只惜蒋公难进言。
我党坚持行统战，　　　真诚相助必支持。

## 十一

补给问题至有关，　　　中央不可等闲看。②
公平对待各军队，　　　任务方能顺利完。

## 十二

畅谈我军持久战，　　　健公喜示两名言。
"积累小胜成大胜，　　　以次空间换时间"。③

## 十三

砥柱中流主战场，　　　守台誓死共存亡。
自忠宿将与连仲，　　　不愧大名史册扬。

## 十四

保卫台庄血战场，　　　峰城昼夜指挥忙。④
身先部属共生死，　　　为国捐躯名永芳。

## 十五

危局关头显将才，　　　包抄顽敌鬼门开。
哀兵为国齐拼死，　　　捉鳖瓮中胜利来。

---

① 健公，白崇禧。
② 周恩来提出要补给新四军军需。要补给八路军衣被、水壶、弹药。
③ 白崇禧提出"以空间换时间"的战略思想，有持久战之意。
④ 三十一师师长池峰城坚守台儿庄。

## 十六

恰似黄岗突击队，①　　英雄捐躯七十二。

还有五七敢死队，　　抗战史册当永志。

## 十七

台庄捷报全国闻，　　五将功劳喜受勋。②

鼓励官兵爱华夏，　　迎来世界尽欢欣。

## 十八

桂省空军三大队，　　台庄一战显神威。

李吴陆吕有良策，③　　挂弹轰倭安稳回。④

## 十九

桂系天津设秘台，⑤　　敌情暗送正合时。

甫生为此呕心血，⑥　　我党支援李总知。

## 二十

七次抄家照片光，　　台庄莹影永难忘。⑦

美联记者曾拍照，　　只惜季鸾遇难亡。⑧

## 二一

克农赞汝在台庄，⑨　　自豪"明星小老乡"。

①　指广州黄花岗起义，这里指的是王仲廉军长组织的72人敢死队。
②　指孙连仲、汤恩伯、关麟征、王仲廉、池峰城。
③　队长李凌云、吴汝鎏，中队长陆光球、吕天龙。
④　三大队巧妙地把小炸弹挂在机翼下，轰炸日军阵地。
⑤　李宗仁在天津设有秘密机关，有秘密电台。
⑥　中共地下党员谢甫生与李宗仁的秘密机关有统战关系，曾将搜集到的情报交李的秘密电台转发。
⑦　台儿庄大战时王莹的照片已无存。
⑧　张季鸾，《大公报》主笔，曾借用王莹保存的照片，因飞机失事，人与物全毁。
⑨　李克农，中共党员，与谢和赓及其爱人王莹均是好友。

有幸李白提倡议，　　　使君女杰誉南洋。①

## 二二

东方会战坦能堡，　　　外电颂扬大胜来。
白令程兄述盛况，②　　正逢蛇岭桃花开。

## 二三

冯公在美会莹君，③　　畅谈台庄演唱勤。
称赞南洋成绩巨，　　　白宫"鞭剧"震乾坤。④

## 二四

雷电交加暴雨来，　　　桃花争艳榴花开。
运河两岸红似火，　　　台胜思莹爱满怀。

## 二五

委座程公来视台，⑤　　"功成马到"讽言开。⑥
李白闻语感惊异，　　　不料夫人有嫉才。

## 二六

蒋公临胜抵台庄，　　　巡视前方情况详。
侍从欢拍三公照，　　　我幸及时摄一张。⑦

---

　　① 李宗仁、白崇禧台儿庄大战后，派王莹、金山率中国救亡剧团赴南洋募捐演出，支援抗
战。
　　② 程兄，指程思远先生。
　　③ 冯玉祥在美国曾会见过王莹及谢和赓。
　　④ 王莹曾在美国白宫演过《放下你的鞭子》。
　　⑤ 蒋介石、程潜来台儿庄。
　　⑥ 郭德洁说："蒋介石功成马到。"
　　⑦ 谢和赓及时地拍了一张蒋介石、李宗仁、白崇禧的合影。

## 二七

徐州战地文人多，　　　歌手明星到运河。
佳话李白爱志士，　　　"雪中送蒜"笑呵呵。①

## 二八

救亡二队沪江来，②　　　艰苦生活甜在怀。
臧友教莹服大蒜，　　　良方除味笑颜开。

## 二九

战地王莹草两诗，　　　运河怒放榴花时。
赞扬将士人民勇，　　　演出增光记者知。

# 台儿庄小唱

（歌词）

乔　羽③

## 一

台儿庄，我的家，

当年一场血战，从此名气扬天下。

爹说子弹打穿了咱墙上的砖，

娘说炮弹掀开了咱房上的瓦。

好一场厮杀，

---

① 臧克家是山东人，喜吃大蒜，李宗仁礼贤下士，派人为臧买大蒜，臧接到大蒜喜曰："雪中送蒜。"

② 上海救亡话剧团巡回二队来台儿庄。

③ 乔羽，曾任中央歌剧院院长、全国政协委员，著名词作家。1994 年 4 月 23 日来枣庄、台儿庄参观后创作了《台儿庄小唱》歌词。

好一场厮杀，

中国好男儿，

将强敌歼灭在咱的屋檐下。

壮我中华，

啊，壮我中华。

爱我中华，

啊，爱我中华。

## 二

台儿庄，我的家，

当年的墙砖屋瓦，至今还在说话。

它说这里铭刻着咱们民族的尊严，

它说这里激励着后代子孙的奋发。

好一个中华，

好一个中华，

千百万儿女，

正在营造一个崭新崭新的家。

壮我中华，

啊，壮我中华。

爱我中华，

啊，爱我中华。

# 血战台儿庄诗十二首

## 别志南

1938 年，笔者 24 岁，任孙连仲第二集团军二十七师师属兵站中尉军械员。担负第一线枪械弹药补给工作，穿插于各阵地前沿。

大战后，复参与清扫战场，掩埋尸体，其事迹感人深者，记忆犹新，际兹追述成七绝十二首，举其一斑，可窥全豹。故笔之，以飨来者。

1938 年 4 月朔，台儿庄战斗进入高潮，二十七师黄樵松、三十师张全照、三十一师池峰城各部连续发起反复冲锋。总指挥孙连仲将军亲临前线督师，并频频进入前沿阵地巡视，士气大振，遂奠定 4 月 7 日大捷之基础。

## 前沿阵地

元戎连日入前沿，①　　　　亲与士卒共苦甘。

独撑危局肩大任，　　　　首功应数鲁仲连。②

## 指挥部所见

惨烈火海鏖战急，　　　　血肉长城稳如山。

指挥若定惊初见，　　　　始见人间将才难。

## 肉搏坦克

连日迭摧坦克群，　　　　誓灭"楼兰"气如吞。③

怀雷搏击同归尽，　　　　野草山花祭忠魂。

## 黄师长挥泪斩"马谡"

二十七师一五八团某营营长张式伟击退日军，获战利品步、机枪百余，抗不上缴，旋复丢失，以抗命罪处死。黄师长正告：军法无私，爱莫能助，若母即我母，可以无忧。遂正法。并为之挥泪。

----

① 指总司令孙连仲。

② 鲁仲连，即孙连仲字仿鲁。

③ 楼兰，古代西域国名，即鄯善。

军令森严无偏私，　　　　枉法徇情不容诛。
庭上正告张式伟，　　　　母老子幼我扶持。

# 追 击

## （一）

气焰万丈才几时，　　　　被驱不异犬与鸡。
狼奔豕遁归何处？　　　　穷追直捣峄山西。

## （二）

夜郎空诩称霸主，　　　　跳梁枉驱十万师。
世人几见蛇吞象，　　　　由来螳臂难当车。

## （三）

巍巍神州讵可悔，　　　　钢铁难摧血内躯。
天堑人海到处是，　　　　定叫强虏尽披靡。

## （四）

号令一声歼残敌，　　　　三军振奋万马嘶。
豨突叫嚣成何济，　　　　倾巢等是沧海粟。

# 清扫战场

1938 年 4 月 8 日拂晓，敌溃退。我随清扫战场的部队进入台儿庄内。

## （一）

断壁残垣不忍睹，　　　　凝成血泪交织图。
大敌当前余一念，　　　　痛饮黄龙会有时。

## （二）

纵横僵卧犬羊兵，　　　　犹自身藏"千人缝"。①
黄粱梦断成新鬼，　　　　望乡台上说"共荣"。

---

① 日兵出征前，家人让过路人在"武运长久"的小布上缝上一针，行军随身携带，以图吉
利，安全回国。

（三）

三千人家十里街，　　连日烽火化尘埃。
伤心几株红芍药，　　犹傍瓦砾惨淡开。

（四）

踏遍疆场血肉堆，　　余烬犹炽草木悲。
欲哭无泪肝胆裂，　　不灭"匈奴"誓不归。

# 大捷世界惊

冯玉琳①

决战台儿庄，　　军民义填膺。
浴血全歼敌，　　大捷世界惊。

# 满江红·凭吊台儿庄

曹大铁

战地凭临，情激厉，欲歌欲哭。楚些吟，毅兮魂魄，忠贞情穆。疼悼国殇多壮死，耻为奴隶生凌辱。覆三年捷报，此间传，尝尸祝。②

摩弹痕，认矢簇。逾残垒，跨骸谷。道元戎新暴，佩章雍肃，③ 蔽日旌旗严杀尽，飞天列宿笑盈掬。述苍凉，逝日度墟中，斯州牧。

--------

① 作者系三十师一七七团三营营长。山东武城人，生于1910年，师范毕业后入步兵学校。参加过娘子关、台儿庄、随枣等战役。后为上校团长。
② 尸祝，尸，古代祭祀时代表死者受祭的人。
③ 佩章，指基建中挖出一道骸，肩章、手枪、手表俱有。

# 台儿庄

萧觉天①

东登泰岱望青徐，　　　　　荒城火炬如飞乌。
西上太行望同蒲，　　　　　白沙漫漫车辚辚。
尽道天骄无术破，②　　　　　百二名城弹指堕。
群烽照市事辛酸，　　　　　诸将脱逃无乃懦。③
独秀峰高出异人，　　　　　台儿庄上运机神。
横戈忿悱歼戎丑，　　　　　江南江北士气振。
颓势因兹得挽转，　　　　　临沂击退东门犬。
一城得失何重轻，　　　　　东西两线获舒卷。
把住徐州陇海头，　　　　　津浦平汉力交流。
结集兰封趋郑洛，　　　　　问君事变何日休？
庄上鏖金八昼夜，　　　　　前仆后继如潮泻。
妖酋震慑清灰钉，　　　　　尸积如山愁火化。
飞将从来不伐功，④　　　　　功推恩伯与自忠。
炳勋镇南亦矫健，　　　　　青天白日勋章红。
败固不忧胜勿喜，　　　　　直壮在我曲在彼。
江淮河汉泥淖深，　　　　　起视扶桑一点耳。

① 萧觉天著有《霞飞集》。
② 天骄，指日军。
③ 不抵抗主义使各将领率兵撤退。
④ 伐，夸。伐功，夸耀功劳。

# 台儿庄大捷

朱 英

台儿庄上寇横行， 义愤填胸子弟兵。
气壮山河同陷阵， 志餐胡虏共忘生。
南唐早定平倭策， 矶谷终悲尽楚声。
重创豺狼中外震， 千秋青史表忠贞。

# 台儿庄大战感赋

綦施政①

一

卢沟烽火黄河边， 东北华北已沦陷。
抗日将士雪国耻， 奋起杀敌运河畔。

二

喋血奋战台儿庄， 巷战歼敌前寨墙。②
固守反攻得胜利， 连仲指挥甚得方。

三

抗日旌旗满天红， 拉锯争夺斗顽凶。③
犬牙交错巷战激， 战士个个智又勇。

---

① 綦施政，河北交河县人，生于1915年。民革成员。1938年任第二集团军总司令部中校参谋，后任三十军参谋处上校科长、三十军步兵团长、师参谋长等职。曾于中国人民解放军西南军区军政大学毕业。
② 大战时巷战不止，敌我在一条小巷中，隔墙而战。
③ 指庄内拉锯战，犬牙战，敌我交错混战一片。

## 四

中华儿女久征战，　　　不怕牺牲冲向前。
钢刀白刃斩敌首，　　　等待反攻阵地坚。

## 五

当年血战台儿庄，　　　军民协作齐参战。
先烈牺牲要牢记，　　　反攻得胜歼敌顽。

# 台儿庄一役

戴维丝①

四月七日台儿庄，　　　是役大战敌仓皇。
我军杀敌逾两万，　　　尸骸遍野如陵岗。
俘虏敌兵万二千，②　　主力皇军太可怜。
声声道谢款待厚，　　　被逼远征口难言。
送来步枪万余支，　　　我军等候已多时。
机枪近千炮近百，　　　远道奉赠却难辞。
沉默凯旋返东京，　　　军民心意冷如冰。③
既损钱财复损物，　　　赔了枪炮又折兵。

---

① 20世纪30年代作家。
② 据陈诚讲俘日军700余人。
③ 此指日本军民。

# 台儿庄名光史册

## 张克明①

台儿庄大捷后，我中山大学战地服务团来台儿庄劳军，适逢妻生女儿，取名张台儿。后邻居多嬉称"台儿庄"。事隔半世纪，每念及辄感奋不已。借放翁战城南两句，以记其事。辛末夏月于北京②，时年七十又九。

逆胡欺天负中国，　　虎狼虽猛哪胜德？
我军一战定乾坤，　　台儿庄名光史册。

# 题壁绝命诗③

## ——〇师某营长

爷娘妻子尽飘零，　　国破家亡怒烧中。
拼将热血雪国耻，　　杀身成仁效愚忠。

---

① 张克明，生于1912年，广东龙川人，中山大学毕业。民革成员，全国政协委员、文史委员会委员、民革中央监察委员会副主席。
② 1991年。
③ 此诗发现于峄城区西棠阴乡卜村墙上。全营官兵阻击日军于卜村，多次击退日军，全营牺牲很大，在与敌决一死战前，营长题壁明志，在战斗中壮烈殉国。全营只有十余人突围生还。营长姓名待考。

# 赞阎廷俊旅长①

郑　平②

台儿庄上显宏韬，　　　猛打猛冲慑寇曹。
血海尸山光史册，　　　灼三无愧大英豪。

1938 年 4 月

# 追念老战友阎廷俊将军

张寿龄③

当年浴血战徐州，　　　捍卫国家击寇仇。
廷俊将军督劲旅，　　　克敌制胜颂千秋。

# 忆阎廷俊将军

李祖明④

当年浴血台儿庄，　　　杀敌锄倭共战场。
振臂挥师摧敌阵，　　　将军功业永流芳。

① 阎廷俊，字灼三，1896 年出生于河南省西平县。1938 年台儿庄大战时任二十七师八十旅旅长，守台儿庄右翼，率部攻击刘家湖之敌，击溃板垣部，勇战震敌。日军战斗详报称八十旅官兵"凭借散兵壕，全部守兵顽强抵抗直至最后一刻。此敌于狭窄的散兵壕内重叠相枕，力战而死之状，虽为敌人，睹其壮烈，亦为之感叹。曾使翻译劝其投降，应者绝无"。
② 郑平，黄埔军校 14 期，台儿庄大战参战者。
③ 张寿龄，1938 年台儿庄大战时，任第五战区司令长官办公室主任。曾任民革中央团结委员，上海市民革顾问。此诗作于 1991 年。
④ 李祖明，1993 年春来台儿庄参加台儿庄大战纪念馆开馆典礼，同阎廷俊女儿阎绣文女士等共吊古战场时作此诗。

# 碧血丹心照汗青

## 姬宗周

抗战八年烽火中，　　　多少健儿为鬼雄。

劝君应悼忠勇士，　　　碧血丹心照汗青。

# 常念忠魂在天灵

## 张资民①

台儿庄内血染红，　　　中华男儿逞英雄。

肉搏中锋如潮涌，　　　前仆后继歼敌兵。

万千烈士眠庄外，　　　常念忠魂在天灵。

熠熠功勋垂青史，　　　为国图强献赤诚。

# 世代难忘抗日篇

## 萧尔诚

扫尽妖气重建国，②　　　富强康乐度常年。

中华儿女歌声壮，　　　世代难忘抗日篇。

---

① 张资民，生于1918年，河南荥阳人。1937年4月入伍，任第二集团军三十一师一八六团卫生队看护中士，后任107伤兵站上尉军医。1948年任小学校长。1953年任河南省电业局医师。

② 妖气，指日军侵略中国。

# 台儿庄大战之歌

佚　名

春风红，
雪花融。
抗战在山西，
转战到山东。
守土像一个个铁桶，
冲锋似一条条火龙。
板垣矶谷哪在我们眼中，
正义自由燃烧着我们的心胸。
运水旁，
台儿庄。
我们有意志，
我们有力量。
力量大可把地球倒转，
意志强能将富士山推入海洋。
残暴日寇两个师团，
都被抓住塞入我们的军囊。

# 清真寺和中正门

郑学富

## 清真寺

悠悠岁月，

为你刻下一道皱纹；

腥风血雨，

为你渗蚀一块块疤痕。

饱经沧桑的石狮，①

是一部读不完的史书。

弹痕累累的秦砖，

铭记着正义与邪恶，

融进的是庄严与深沉。

苍拔的古柏啊，

你尽管半臂枯干，

青春已退，

可仍高昂着不屈的头颅，

因为你擎起的是，

中华民族之魂。


# 中正门②


黧黑的脸庞，

曾被狼烟熏烤；

残缺的躯体，

曾被战火烧焦。

一块块青砖，

组成一个不屈的阵势，

那是用热血浇铸；

一顶顶城垛，

连接成连绵青山，

---

① 台儿庄清真寺大门外有一对石狮。

② 台儿庄北门，战时已被炮火摧毁。拍摄《血战台儿庄》时，又重建此门。

那是用忠魂铸就。

# 清真寺古柏凭吊

季茂龄

### 一

古柏凭吊感废兴，　　当年抗日意无穷。
背水一战歼敌寇，　　将军不愧是干城。

### 二

誓扫敌氛拼死活，　　亲率士卒捣寇穴。
斩将搴旗获全胜，　　将军名标凌云阁。

# 国殇吟

——访台儿庄清真寺①

朱小平

国殇赴死气吞虹，　　如晦江山照眼明。
盈尺惊心凝碧血，　　庭前枯树又峥嵘。

---

① 台儿庄清真寺为当年大战之我军团指挥所，与日寇激战十五次进退，极为惨烈，今犹见弹痕累累于壁上。

# 战地歌谣

佚　名

## 一

炮弹似暴雨，　　　　炮火如闪电；
炮烟似浓雾，　　　　炮声震九天。
空中硝烟密布，　　　地上尘土弥漫。
众志筑城坚，　　　　钢铁打不烂。

## 二

宁做战死鬼，　　　　不当亡国奴。
民族永生存，　　　　血肉筑城固。

## 三

饥了啃干馍，　　　　渴饮运河水。
死守台儿庄，　　　　多杀日本鬼。

# 徐州一屏障

于竹山①

## 一

鲁南台儿庄，　　　　徐州一屏障。

---

①　于竹山，甘肃武威人，生于1909年。师范毕业投入冯玉祥西北军。抗战军兴，历任第二集团军二十七师少校秘书、抗战歌曲队队长、战地服务团主任等职。民革成员，武威市人大代表、政协常委。

血战十昼夜，　　　　大捷非寻常。

## 二

微山湖畔麦青青，　　台儿庄上杀敌声。

血战十日摧强寇，　　奠定胜利第一功。

# 大战刘家湖

## 刘启柏

大战刘家湖畔贼，①　　全民协力惩寇虏。

身攻坦克同归尽，　　炮击敌群障即除。

赤膊高营白刃战，②　　丹心斗士胆剑殊。

中华绝不为奴隶，　　请看台庄血写书。

# 敢死英雄赞

## 刘仲获③

时当一九三八年，　　战地哪里有春天？

台儿庄内防守战，　　正与日寇作周旋。

日寇昕仗火力威，　　镇日烟尘百尺飞。

骄横坦克能蔽野，　　我军工事尽被摧。

固然士气不能动，　　伤亡过大亦堪痛。

---

① 刘家湖，位于台儿庄北，日军占领后为指挥所，炮兵阵地。我军组织敢死队袭击。

② 高鸿立营长，手持大刀片，身挂手榴弹，率敢死队冲入敌阵，日军竟弃炮而逃。当时战地有"活张飞大战刘家湖"的佳话。

③ 抗战期间，汉中老一辈的诗人王复忱等，曾组织过"汉滨诗社"。以诗词抒发爱国情怀，揭露侵略者的罪行。刘仲获是汉滨诗社成员，1938年4月，台儿庄大战后写了这首长诗，歌颂敢死队长王范堂的英雄事迹。

战壕盈添尽国殇，　　急煞总戎孙连仲。
总戎饬令池峰城，　　徐州寸土亦必争。
卅一全师真填壕，　　前仆后继我也临。①
主将心决士气旺，　　日寇几退还几上。
我方付出血肉多，　　仍使主将气惆怅。
池师求援廿七师，　　师长一诺不稍迟。
一八五团增援急，　　隐蔽进庄黄昏时。
七连连长王范堂，②　深心早已细掂量。
全连捐躯剩五七，　　战术战法要更张。
扬长避短方为贵，　　必须组成敢死队。
健儿大刀骋其长，　　夜袭直入寇阵内。
接短势促出不意，　　竖砍横切夺其气。
寇线必然生动摇，　　这时反攻最有利。
掂量稳准方上阵，　　上意交孚允进行。③
下达全连再统一，　　风高月黑摸寇营。
范堂此时似天神，　　摸营得手杀声腾。
鬼子昏瞀瞠其睛，　　大刀砍劈不留情。
队员虽然有伤损，　　数百鬼子已丧生。
应悔不该来送命，　　化作他乡野鬼魂。
歼尽一线二线摇，　　队员眼红杀气高。
矶谷师团忙溃逃，　　中华勇士立功劳。
所感此役有除乘，　　五七仅余十三人。
范堂幸存人景仰，　　杀敌又有后来人。

**1938 年 4 月汉中**

---

① 在台儿庄大战紧张时，池峰城请求撤退休整，孙连仲说："战士打光了，军官填上，军官打光了，我跟着填上。要撤退，提着头来见我。"
② 王范堂（1907—1987 年），陕西汉中人，1926 年投笔从戎，任第二集团军二十七师一五八团七连连长，台儿庄大战时，全连战斗中剩 57 人，组成敢死队，夜袭日军成功，只有 13 人生还。
③ 交孚，孚，信任。

# 赠给爱人王莹①

谢和赓

把我们的血肉筑成
保卫祖国的长城！
我愿和你们在共同的
战壕里做个游击兵。

1938 年 3 月

# 祝鲁南大捷

庄复初

射虎将军独请缨,②　　魑魅十万赋长征。③
蜿蜒陇海坚防线,　　锁钥东南奏凯声。
一范军中寒敌胆,　　九州海外震威名。
策勋饮玉欢呼后,　　喜见千家火炬明。

# 留作圣迹台儿庄

刘本厚④

抗日将军仿鲁公,　　燕赵豪侠古来张。
运筹帷幄庙堂计,　　劳心血汗英名扬。

---

① 1938 年王莹率救亡话剧团在淮河、运河前线演出,谢和赓赠书王莹。这是当时谢和赓写在书皮上的诗。

② 射虎将军,古文中指李广,在此指李宗仁。

③ 魑魅,传说中的一种猛兽。文中喻台儿庄大战中的中国抗战部队。

④ 刘本厚原属第二集团军,孙连仲部下,后居台北。孙连仲九十大寿时,作者写诗以贺,云:“本厚追随有年,处世接物,受教良深。谨献所感,共祝高寿,以资纪念。”

一战惊人寒敌胆，①      奠定神州胜利光。

抗战初捷震中外，      留作圣迹台儿庄。

# 祝仿公九十大寿

吴 薪②

九里山下展神威，      英气刀横倭骨摧。

杀气腾天扬宇宙，      忠灵报国敌魂飞。

群儿忿命雪仇耻，      妖倭骨轻劫殆危。

仿公功高垂史颂，      鄙忱虔祝永春晖。

# 啊，李宗仁将军

商延民

冷冰的一颗铁心

系着不屈的国魂

第五战区司令长官

李宗仁将军

针对"大日本"的

"焦土外交"

下着

"焦土抗战"的决心

一道道命令

---

① 台儿庄大战，是日本建立陆军以来第一次吃的大败仗，正如其战报中所云："尸山血海非我军所独有。"

② 吴薪，孙连仲的好友，后居台北。孙九十大寿时，吴撰诗恭贺。

一座座山

一次次前沿

一腔腔义

爱国抗战

你创造了抗战的伟绩

也是你一生光辉的顶点

啊，李宗仁将军

# 敢死队长王范堂

王庆新①

敢死队长王范堂，　　　台儿庄上逞雄强。

功成身退隐汉中，②　　　抗战英雄人敬仰。

# 冲锋歌

西　尤

向前冲锋，

向前冲锋！

向着敌人的巢穴，

冲呀！

冲！

冲！

我们没有防线，

---

① 王庆新，辽宁人，生于1945年，大专毕业后从事书画专业，后任汉中石门书画堂堂主。

② 敢死队长王范堂，解甲后回汉中任文化馆馆长，弃武就文。详细情况参见李佩今著《敢死队长》一书。

我们的防线是冲锋。

看呀,

敌人的血遍野酣红。

1938 年 4 月

# 英雄曲

## ——话剧《台儿庄》序①

舒　群

一

我们是太阳,

我们是永远不灭的火。

我们是光明所有者,

光明,

永远属于我们。

二

在这世界上,

我骄傲我生为中国人!

二十世纪,

该有一页我与敌人的斗争史!

天空失落了日,

失落了星,

---

① 王莹、金山、罗锋、舒群等作家在台儿庄大战时创作了话剧《台儿庄》,后又创作了《台儿庄之战》,曾在重庆、桂林上演过。

地面还在朦胧。
远处的军号响了，
正在唤我出征。
母亲，
谢谢你——
你的眼泪；
爱人，
谢谢你——
你的红唇。
别了，
这些朋友，
这些温暖的手。
骑上了马，
放松了
缰绳。
去，
去冲击敌人的阵地！
在那自由下，
我愿为我的祖国牺牲！

## 三

光明，
永远属于我。
我是太阳，
我是永远不灭的火，
我是光明所有者。

# 我们的圣地

## （散文诗）

### 平　陵

台儿庄，台儿庄！由于无数志士们的鲜血，把你记录在民族解放的史册里，永垂不朽了！此刻，全国不论男女老幼，都已把你的名字，深印在脑子里，全世界拥护和平的人类，没有一个不纪念着你。台儿庄！你将是我们永远不能忘却的民族解放的圣地呵！

我们一想起台儿庄，就会联想起我们的"十字军"① 是何等的壮烈，何等的勇敢。同时，却又使我们更进一步认识我们的死敌，又是何等的残暴和酷辣。敌人是绝不会就此甘休的，他们必定是挟持新式的凶器，更残暴地企图实现他们侵略的迷梦。而我们呢？必须是凝聚着所有的力量，坚固着一切的阵容，不必等待他们再来，就得勇猛地冲上去，像狂潮似地冲杀过去，扩大歼灭战的范围，至少是把津浦线上的敌人，杀一个精光，把他们的污血，随着黄河的浊流，冲到大海里去。

我们的机会已经来了，天空铁鸟翱翔，② 在弹奏着民族解放的号音。地上杀声震天，高呼着民族解放万岁。亚细亚的暴风雨，如冰岛融解，如火山喷发，对准着侵略者的暴力，不可抵御地杀奔前去了！发动吧！光荣的民族解放大血战！

1938 年 4 月

---

① 十字军，十一世纪西欧封建主、大商人组织的侵略军，以夺取耶路撒冷为目的，八次东征历时 200 年。此文中指抗日军队。

② 指广西空军第三大队来台儿庄助战。

# 赞郑洞国学长①

文　强②

| | |
|---|---|
| 抗倭八年显功高， | 淞沪台庄役役豪。 |
| 血战昆仑寒贼胆， | 长征缅印破天骄。 |
| 回师北国中原定， | 坐镇东南守护牢。 |
| 益友良师如手足， | 歌功论德莫今朝。 |

# 欢送一三九师赴台儿庄

佚　名

# 快板诗③

同志们，

细听我讲，

我们东邻舍，

有个小东洋。

几年练兵马，

东洋逞霸强，

一心要把中国亡。

---

① 郑洞国，湖南石门人，生于1903年。黄埔一期毕业后任教导一团二营四连党代表。参加过北伐，改任三师八团团长。台儿庄大战任二师师长，与敌激战枣庄等地。与友军协同，重创日军，战功显著，升九十五军军长。1991年病逝。

② 文强，曾任民革中央常委，全国政协委员。

③ 1938年3月，商震率一三九师于开封车站上车，增援台儿庄。开封学生立于站台欢送将士赴前线杀敌，即兴演唱节目。

"九一八"平地起风浪，

占了我们北大营，

又占我们的沈阳。

杀的杀，

抢的抢，

老百姓遭了殃。

东北三省被灭亡，

卢沟桥二次动刀枪，

占了我们黄河北，

又占了扬子江，

南京被杀几十万，

看看哪个不心伤。

## 河南小调

正月里，

正月正，

日本鬼子的飞机，

你看多么凶。

丢炸弹，

猛一轰，

一下炸倒老百姓。

眼一黑，

头一懵，

扑通一声栽倒地溜平。

骂一声，

日本鬼，

难道不是你娘生。

三月里，

三月三，

日本鬼子欺侮我们多么惨。

全国同胞受训练，

训练好了上火线，

打倒鬼子和汉奸，

最后胜利在眼前。


五月里，

五端阳，

你看鬼子多猖狂，

一心要把中国亡。

一人一支枪，

一齐上战场，

杀死日本鬼，

中国必定强。


# 忆台儿庄大战诗四首

## 梁隆辉[1]

欣闻台儿庄将举行大战55周年国际学术研讨会暨纪念馆落成典礼。我于近几个月为大会搜集文物，整理资料，甚为先烈们抛头颅、洒热血的爱国精神所感动，特写几字以记。

### 一

忆昔五十五年前，　　炮声隆隆震寨山。

奶奶庙里观察所，　　喜看敌阵火冲天。[2]

---

[1]　作者家在江苏省邳县韩佛寺村，大战时第二集团军指挥部即设在他家中。

[2]　作者同乡刘钦文时任炮七团文书，在邳县燕子埠乡寨山奶奶庙里观察所负责记录，时常讲述亲历战况。

## 二

中华儿女不可欺，　　　　占我国土誓不依。

台庄一场较量战，　　　　慷慨悲歌写史诗。

## 三

大战当年血海翻，　　　　而今五十又五年。

炎黄子孙志不馁，　　　　杀得日军心胆寒。

## 四

光芒万丈台儿庄，　　　　名留百年草木香。

一战丰功建伟绩，　　　　千秋万代美名扬。

# 忆台儿庄大战

### 季茂龄

## 一

血战台儿庄享盛名，　　　　背水而战成大功。

"不可战胜"终虚语，　　　　中国人民不可轻。

## 二

胜利旗插台庄城，　　　　战败强敌世界惊。

中华民族岂可侮，　　　　河山依旧太阳红。

## 三

炎黄子孙有血性，　　　　军国主义害头疼。

"东亚病夫"非病夫，　　　　能逐倭寇出长城。

# 悲兮壮哉

颜道武①

当年抗倭鏖战激，　　血染古镇肉横飞。

隆隆炮声震寰宇，　　漫漫硝烟盖天地。

壮哉将士献头颅，　　悲兮民众捐身躯。

盛世建馆吊忠魂，　　彪炳青史开来兹。

# 台儿庄民谣

张　干（辑录）②

## 一

日本日本欺负中国人，

杀人放火掳掠又奸淫。

看看这几年，

鬼子造了反。

"五三"惨案，③

"五卅"惨案，④

说也说不完。

九月十八日，

日本把兵发。

---

① 颜道武，系五十一军一一四师六七九团少尉军需颜子江之子。

② 张干，台儿庄涧头集人，长期从事水利和新闻报道工作。后任台儿庄区政协副主席。

③ 五三，1928 年 5 月 3 日，日军出兵侵占济南，大肆屠杀。

④ 五卅，1925 年 5 月间，青岛、上海等日本纱厂工人罢工，顾正红被杀。30 日，上海学生 2000 余人声援工人，要求收回租界，万人集合上街，高呼"打倒帝国主义"，英帝开枪屠杀，死伤数十人，造成震惊全国的"五卅惨案"。

中央军下命令,

不要抵抗它。

鬼子乐哈哈,

就把关东拿。

出钱纳税,

拔人训练,

同胞还要被屠杀。

西安西安发生大事变,

蒋委员长被围那一年,

国共合了作,

联合来抗战。

军民团结,

统一战线,

民族见青天。

七月七日大战卢沟桥,

民族复兴的时候到,

同志们雪恨拿起鬼头刀,

一刀一个一刀一个,

鬼子哭又嚎。

中华健儿坚决要抗战,

军民团结运河设防线。

看看台儿庄一场大血战,

杀得鬼子叫哭又连天,

狼狈真难看。

## 二

二十六年鬼子造了反，①
带着大炮兵，
进了我中原。
建起自卫团，
来把洋人反。

逮着日本鬼，
审他好几番。
缴下鬼子枪，
建起自卫团，
你看大家多喜欢。

你看青岛、大连湾，
薛家岛和崂山。②
日本霸占十多年，
交通路一线去济南。

大家想一想都是中国人，
爱国又爱民，
抗战要热心。
雪国耻要齐心，
永做抗战人。

## 三

山是我们开，
树是我们栽。

---

① 二十六年，指 1937 年"七七事变"。
② 薛家岛在青岛西胶州市。

鬼子要从家前过,①
连人带枪缴下来。

河是我们开,
稻是我们栽。
团结一致反侵略,
胜利果实血换来。

## 四

雪花落地满山坡,
日本小鬼太可恶。
闯进庄内烧了屋,
杀了我的亲哥哥。
乡亲们,
快起来,
不打倒鬼子不能活。

## 五

拿起我们的红缨枪,
站在寨墙上,
看你鬼子敢冲闯,
给你一枪回东洋。

## 六

拿起我们的刺刀来,
对准鬼子的头,
誓死不做亡国奴,

---

① 家前,鲁南方言。村前,门前之意。

拼命争自由。
唉嗨唉嗨哟，
拼命争自由。

## 七

石榴开花红又红，
一劝我郎去当兵。
当兵为了打鬼子，
保护咱们老百姓。

石榴叶子青又青，
二劝我郎去当兵。
英勇杀敌上前线，
打走鬼子享太平。

石榴树干弯又弯，
三劝我郎上前线。
等到抗战胜利后，
打走鬼子回家转。

## 八

红缨枪亮闪闪，
端起来把鬼子攉。
攉进东海去，
淹死喂老圆。①

日本鬼坏东西，
抽你筋扒你的皮，
留着骨头给狗吃。

---

① 老圆，甲鱼，也称鳖。

# 九

花喜鹊，

喳喳叫，

胜利消息传来到。

山西炸了坦克车，

山东缴获两门炮；

山南鬼子死几百，

山北伪军哭又嚷。

这一仗打得实在好，

千百群众来慰劳。

# 十

日本鬼喝凉水，

坐火车亲了嘴，

坐轮船沉了底，

坐飞机摔个死，

露露头挨枪子。

# 十一

日本鬼子真孬种，

丢完炸弹丢洋桶。

洋桶摔得开了花，①

打发小鬼回老家。

# 十二

叫老乡，

---

① 台儿庄大战时，日军飞机轰炸，机上用完了的油桶也随即丢下。

快快拿起你的枪，
别叫鬼子来到咱家乡。
老婆孩子遭了殃，
你要快快把兵当。

## 十三

割电线，扒铁道，
挖过深坑挖战壕。
弄得鬼子兵，
电话打不灵，
汽车跑不动，
一步不能行。

## 十四

探消息探敌情，
婆婆妈妈都管用。
划鬼子的枪，①
夺鬼子的炮，
男女老少武装好。

## 十五

哥儿十八正年轻，
辞别老婆去当兵。
老婆一手忙拉住，
啰哩啰唆不放松。
叫声老婆你细听，
参军保国卫百姓。

---

① 划，方言，夺枪，下枪之意。

前方打跑日本鬼，
你在后方也光荣。

## 十六

开开门好晴天，
台儿庄开了战，
日本小鬼死万千。
关上门黑暗暗，
日本小鬼完了蛋。

## 十七

吃饱了，喝饱了；
俺把鬼子打跑了；
吃足了，喝足了，
俺把鬼子打哭了；
吃够了，喝够了，
俺把鬼子打退了。

## 十八

鬼子扫荡出了发，
问俺伤员藏哪家？
手拿一把大洋糖，
口口叫俺说实话。
你的诡计俺知道，
不怕枪，不怕刀，
不吃洋糖不说话。
只要保护好伤员，
砍掉脑袋也没啥。

# 小小的台儿庄

日军某军官①

四个小时下天津，　　六个钟头进泉城。②
小小的台儿庄，　　为什么不能占领？

# 观《血战台儿庄》电影

宋安强③

清晨　我不敢饮那运河水

因为河水太红

红得像血

掬起一捧

便能听到

一九三八年

枪的呐喊

中午　我不敢吃饭

插在菜里的筷子

摇晃成阳光下的刺刀

使中国一次崛起的军魂

在多少炎黄子孙的心中发颤

晚上　久久地

---

① 此诗是在缴获的日军军官的日记本上记载的。
② 泉城，济南，1937 年 12 月 23 日被日本占领。
③ 作者系山东省枣庄市台儿庄区人，台儿庄区第四届政协委员，诗集有《山妮》、《山野村魂》等。

我不敢入眠

总怕日本人的铁蹄

将我的梦踏碎

一瓣、一瓣

都是忠魂的泪水

悲剧在重演

后来　水我也喝了

饭我也吃了

觉也能睡安

一夜间　喉结凸起

伸伸腰　骨骼铮铮有声

竟发现自己变得

和台儿庄北关的

"中正门"

一样威武、强健

挺胸走在

任何一条小巷里

都觉自己的血管里

仍哗动着

台儿庄的意志

浑身是

军人的胆

# 台儿庄诗三首

宋安强

## 中正门

还在沉思……

……

护城河的血水

早已在千回百转之后

变得暗绿了

为何还在日暮黄昏时

泛着烟愁……

## 清真寺

把鼻子凑向墙壁

嗅嗅

历史的硝烟

嵌在树干里的子弹

正在向游人讲述

1938 年那一幕……

## 台儿庄抒情

——台儿庄大战纪念馆落成

终于站起来了

硝烟散飞

沉睡 55 周年的历史

在今日

清醒

这天的天空很晴朗

千万面小旗帜

都在呼唤

逝去的英灵……

# 临江仙·纪念台儿庄大捷

## 张德成①

暴日淫威危万物，河干岭秃禾焦，群情忿慨势冲霄。前锋摧鬼蜮，后羿射鸱枭。

敌忾同仇扫毒焰，春花秋月多娇，拳拳赤子理英豪。鸡年增韵事，谈笑看今朝。

# 台儿庄大捷

## 罗恢绪②

当年血战台儿庄，　　　　抗日雄风惩敌狂。
烈士英名垂宇宙，　　　　巍然浩气壮家邦。

---

① 作者为四川隆昌人，生于 1928 年，江南川滇诗词学会会员。
② 作者为四川叙永人，生于 1933 年，曾任泸州市政协秘书长，中华诗词学会会员。

禹王山上狼烟起

黔滇儿女赴戎机

# 六十军军歌①

## 冼星海

我们来自云南起义伟大的地方,②

走过了崇山峻岭,

开到抗日的战场。

弟兄们用血肉争取民族的解放,

发扬我们护国、靖国的荣光。③

不能任敌人横行在我们的国土;

不能任敌机在我们领空翱翔。

云南是六十军的故乡,

六十军是保卫中华的武装!

云南是六十军的故乡,

六十军是保卫中华的武装!

# 五里亭送郎出征④

## 王旦东

送郎送到一里亭,⑤　　　郎有义来妹有情。

---

① 六十军,即云南部队,也称滇军,军长卢汉。1938年六十军调台儿庄参战,战士们唱着六十军军歌奔赴鲁南。

② 1911年10月30日,云南同盟会联合新军起义,推蔡锷为都督,成立云南军政府。

③ 1916年1月1日,云南军政府正式成立,组成护国军总司令部,蔡锷、李烈钧分任第一、第二军总司令。护国军发布讨袁檄文。

④ 云南农民救亡花灯剧团,用古朴的花灯形式,进行救亡宣传。六十军北上赴鲁抗战,花灯剧团编写了欢送北上抗日的小调。

⑤ 亭,即长亭。南方炎热,路旁建个凉亭,供行人休息,也称十里长亭。送行人往往在长亭分手。

小妹恩情休挂念，　　抗日才是大事情。

送郎送到二里亭，　　绣块手巾送郎行。

拿到沙场揩揩汗，　　莫揩相思泪盈盈。

送郎送到三里亭，　　缝件汗裳送郎行。

妹心常在郎身上，　　跟郎前去杀敌兵。

送郎送到四里亭，　　做双鞋子送郎行。

放开大步前方去，　　不退敌兵不回程。

送郎送到五里亭，　　斟杯美酒送郎行。

愿郎美名扬四海，　　得胜回家妹来迎。

1937 年 11 月

# 救亡花灯曲①

## 云南救亡花灯剧团

正月里，是新春，　　国难要唱救亡灯。

不唱莺莺来戏水，　　不唱瞎子去观灯。

要唱齐心来抗敌，　　团结工农商学兵。

唱得同胞个个醒，　　不让日寇来吞鲸。

不把血账来清算，　　国家民族难存生。

（昆明政协文史办供稿）

---

① 1937 年秋至 1938 年春，花灯剧团到昆明、个旧及铁路沿线各县巡回演出，鼓励群众支援台儿庄大战，慰问赴台儿庄抗战的抗日家属。

# 边关不少奇男子

赵德恒①

| | |
|---|---|
| 武帝边开细柳营,② | 干戈满地动危旌。 |
| 闺中炉火三更暖, | 楼外竹箫一夜清。 |
| 祖逖咨嗟盟逝水,③ | 终军慷慨誓长缨。 |
| 议庭草就平倭诏, | 只待秋风出帝京, |
| | |
| 血点腥斑毁战袍, | 残军夜遁水滔滔。 |
| 波冲城寨留三坂, | 雨蚀旌旗剩一旄。 |
| 岛国传餐呼傀儡, | 中州帐饮盛蒲桃。 |
| 边关不少奇男子, | 珍重风霜染二毫。 |

# 滇　魂

马子华④

| | |
|---|---|
| 云岭英雄人中强,⑤ | 爱国爱民爱家乡。 |
| 卢沟桥头烽烟起, | 日寇铁骑侵国疆。 |

---

　　①　赵德恒,字诚伯。1888 年生于云南腾冲县清水乡。后入云南陆军讲武堂,与朱德是同学。辛亥革命讲武堂参加起义,后讨袁,赵为滇军三师参谋长。1937 年 11 月,六十军北上抗日,他对滇军抗日充满信心。

　　②　细柳,古地名,在陕西咸阳市东南。汉时周亚夫驻军于此守卫京都。

　　③　祖逖,东晋名将。曾打败石勒,收复了黄河以南。有收复中原的志气,但因东晋内部纠纷不得支持,忧愤而死。

　　④　马子华,生于 1912 年,云南人。1938 年六十军赴鲁抗战时,马子华为卢汉军长秘书。曾先后任云南大学教授,北京政法学院讲师,云南军政委员会,西南军政委员会秘书,国务院机关事务管理局秘书,中国作家协会会员,云南文史研究馆馆员,云南老干部诗词协会会员等职。民革成员。

　　⑤　云岭,指云南。

军书征调六十军，铁马金戈惩猖狂。

将士誓师争杀敌，马革裹尸方还乡。

云贵高原风云涌，万里征战赴北方。

餐风宿露越山河，迤逦防守在禹王。①

鲁南已属最前线，连防接着台儿庄。

行装未卸遭遇战，将士血洒观音堂。

迎面敌人系劲旅，矶谷板垣征四郎。

重炮坦克敌猛攻，我军坚守血肉挡。

运河水染战士血，健儿尸横眠山冈。

日军进犯被击退，钦服滇军勇无双。

将士用命守国土，阵地始终固金汤。

军威大振敌丧胆，最高统帅通嘉奖。

尚有两事最突出，中共派来政工张。②

云南女儿六十人，③战地服务功辉煌。

二者功劳载史册，云南人民亦风光。

战士英魂绕山东，滇南年年吊国殇。

埋骨何须桑梓地，天涯无处不芬芳。

运河水边古战场，台儿庄前纪念堂。

络绎不绝参观者，异口同声颂炎黄。

---

① 禹王山、连防山、观音堂均在台儿庄东北。

② 六十军北上抗日，在抗日民族统一战线影响下，一八四师师长召已解甲经商的中共党员张永和为政工处处长。

③ 指云南妇女战地服务团，赴台儿庄战地服务。

# 出滇抗战诗记

桂　灿①

## 出滇抗战

新仇旧恨涌心房，　　无数同胞刀下亡。
马革裹尸匹夫责，　　黄沙盖面民族光。
泅身下海捉蛟龙，　　捷足登山擒虎狼。
高唱凯歌会有日，　　咚咚胜鼓奏笙簧。

## 路经长沙

民族仇恨人人深，　　沐雨栉风夜送行。②
千万热情鞭策我，　　不降倭寇不回程。

## 禹王山战斗

强敌进犯禹王山，　　枪林弹雨刀影寒。
几度拉锯溅溃退，　　欢歌斩得小"楼兰"。

---

① 桂灿，贵州省普安县人，生于1908年，民革成员。中学毕业后从军抗战，1938年随六十军一八四师出滇北上抗日，任师作战参谋兼特务营营长。"出滇抗战"这首诗是在昆明群众欢送六十军北上抗日大会上写的。

② 六十军路经长沙，适逢大雨天洗兵，湘雅医学院的师生冒雨伫立车站一夜，迎送过路的将士。作者十分激动，即在军车上以诗记之。

# 战略转移

台庄浩气冲云天，　　　阻击敌锋近半年。①

放弃徐州大转移，　　　集结宋庄重整编。

智战单城惊鬼神，　　　修路涡阳喜保全。②

# 西江月·题照③

生命诚然可贵，爱情价值尤高。救国热血波涌涛，两者甘心皆抛。

马革裹尸沙场，黄沙盖面荒郊。收复江山锦绣娇，不求青史名标。

# 赞云南妇女战地服务团④

## 阎士彬⑤

为国许身学木兰，　　　随军转战有余欢。

安危早置乾坤外，　　　孰料携随明月还？

---

①　滇军离云南到徐州，计半年时间。4月中旬到鲁南，5月19日撤离，血战月余。

②　涡阳，在安徽省，转移时经过此地。

③　这是一首感人肺腑的词，作者桂灿出滇抗战，同妻子张玉兰女士合影留念，将这首词写在照片上。

④　六十军奉命赴鲁抗战。昆明市大中学生数千人游行，要求随军出滇抗日。卢汉军长挑选了60名女学生，成立了云南妇女战地服务团，经过训练，开赴武汉待命。台儿庄大战时，彭明绪、刘先德等12人，未经批准喊着"战地服务团不到战地，在这干什么？走啊！"扒车来到了台儿庄，卢汉安排她们到战地服务。

⑤　阎士彬，原七十四军副军长，曾与妇女战地服务团一起战斗过。1985年在滇的抗战女战士合影，此诗是题在合影上的，以纪念抗战胜利40周年。

# 祝鲁南大捷

饶富业

滇军大战台儿庄，　　三迤健儿各逞强。①
肉搏冲锋七昼夜，　　凶横倭寇尽消亡。

# 台儿庄前线诗六首

李祖明②

## 一

凭眺铜山古战场，　　铁龙驰骋运兵忙。
遥闻败寇重南返，③　　飞调雄师赴鲁疆。
士气如虹冲霄汉，　　民心铁固似金汤。
睡狮猛醒惊寰宇，　　静看扶桑坠夕阳。

## 二

烽烟弥漫遍神州，　　失地经年恨未收。
岱岳峰前飞羽檄，　　微山湖畔斩倭酋。
誓洗国耻须尝胆，　　未靖妖气总带愁。
寄语同胞勤杀敌，　　中华儿女不低头。

---

① 三迤，指滇西、滇北、滇南。

② 李祖明，贵州省独山县人，生于1910年，大学毕业后参加抗战。1938年赴台儿庄，任黔军一四〇师八三五团上校团长，后任第二集团军游击总队长、第九战区长官部少将参议。曾任贵州省人民政府参事室参事。系民革成员。

③ 1938年4月7日，进犯台儿庄的日军被孙连仲部击溃。4月中旬，日军喘息后，又迁回台儿庄东连防山、禹王山重犯台儿庄。当局急调滇、黔部队飞奔台儿庄增援。

## 三

| | |
|---|---|
| 战鼓声声震柳营， | 几番鏖战血犹腥。 |
| 运河水里掀凶浪， | 望母山前斩暴狞。 |
| 大捷台庄摧劲敌， | 驰援枣埠固边城。 |
| 军民奋起同协力， | 重振金瓯洗甲兵。 |

## 四

| | |
|---|---|
| 东海腥风恶浪生， | 江山万里起烟尘。 |
| 奸淫掳掠又屠杀， | 御侮救亡共请缨。 |
| 举国抗倭伸正义， | 全民浴血净妖氛。 |
| 穷兵黩武终倾覆， | 华夏精英百代存。 |

## 五

| | |
|---|---|
| 硝烟滚滚绕台庄， | 浴血牺牲为救亡。 |
| 炮似联珠光如电， | 人如山积垒如钢。 |
| 成城众志歼强寇， | 戮力合心卫故疆。 |
| 气压昆仑寒贼胆， | 频摧敌阵扫欃枪。① |

## 六

| | |
|---|---|
| 鏖战兼旬挫敌锋， | 尸陈遍野血殷红。 |
| 扶桑落日光趋黯， | 赤县锄倭势正东。 |
| 败寇狂奔如豕突， | 强兵扫荡胜秋风。 |
| 金瓯未固尚犹缺， | 跃马挥戈再建功。 |

1938 年 4 月于鲁南

---

① 欃枪，彗星。古代以为是妖星。

# 满江红·悼念龙云阶团长①

方伯令

淮江之水，徐州血，胡马侵边。为国家，主持正义，壮怀激烈。切齿深恨指发数，壮士欲吮倭奴血，论善终唯有沙场死，最勇烈。

……②

# 云贵官兵齐奋战

余国雄

| | |
|---|---|
| 倭奴猖狂侵中华， | 烧杀掳掠民遭殃。 |
| 黔滇儿女多壮志， | 保家卫国赴战场。 |
| 云贵官兵齐奋战， | 痛击鬼子野心狼。 |
| 矶谷板垣鼠逃窜， | 我军获胜喜气扬。 |

# 手持龙泉上战场③

余国雄

一

我军出征胆气豪，　　丹心一片把国保。

---

① 龙云阶，贵州省兴仁县人，系六十军一八二师一〇八〇团团长，在台儿庄大战中阵亡。家乡人民为龙云阶及其他阵亡将士举行了追悼会。作者在会上作词致哀。

② 这首词下阕已遗失。

③ 龙泉，指宝剑。

中华儿女多壮志，　救亡图存立功劳。

## 二

倭寇疯狂侵中华，　杀我同胞犯我疆。
我本炎黄一赤子，　手持龙泉上战场。

# 俚诗一首

刘先德①

台儿庄上运河前，　鏖战强寇弥烽烟。
鲁阳挥戈日色薄，　后羿挽弓炎候寒。
紫电青霜雄俊杰，②　丹心赤胆花木兰。
英风凛凛历艰验，　正气浩荡留美谈。

# 慰劳伤兵歌③

云南妇女战地服务团

白：各位勇敢的战士，自从凶恶的日本帝国主义强占了平津。你们抛
　　弃了可爱的故乡，离开了年老的爹娘，奋起抗战，给敌人一个迎
　　头痛击。现在你们来到这里，我们有说不出的难受。今天特地来
　　向诸位致敬。因为……
唱：你们正为着我们老百姓，
　　为了千百万个妇女和儿童，

---

　　① 刘先德，云南省盐津县人，生于 1916 年，初中毕业适逢滇军北上抗日，要求随军战地
服务，批准后，经培训，赴武汉。台儿庄大战时，跑到了台儿庄战地服务。
　　② 紫电青霜，形容刀光剑影。
　　③ 此诗是当时云南妇女战地服务团到战地医院慰问伤兵时唱的歌词。

受了极荣誉的伤，

躺在这医院的病床上。

白：各位勇敢的战士！

唱：帝国主义为着要逃脱覆灭的恐慌，

他们是那样的疯狂。

自从占了我们的北方，

又进攻到我们的长江。

白：现在要夺我们的东方、西方，以及所有我们的边疆。

唱：他们要把中国当成一个屠场，

任他们杀，

任他们抢。

听啊！

飞机还在不断地丢炸弹，

大炮还在隆隆地响。

我们拼着最后一滴血，

守住我们的家乡。

（徐一鸣　提供）

# 悼念烈士挽歌①

## 云南妇女战地服务团

用你们的血，

写成了一首悲壮的诗。

这是一个非常时期，

需要许多贤者的死。

但是敌人啊，

①　此歌是云南妇女战地服务团，掩埋受重伤而死亡的烈士后，唱的哀歌。

你别得意；

朋友啊，

你别悲泣。

这虽是黑暗的尽端，

也就是光明的开始。

千百行的眼泪，

洗着你墓上的花枝；

千百双粗大的手，

支持着你的意志。

安眠吧！

勇士。

安眠吧！

我们的勇士。

（彭明绪提供）


# 女南蛮

彭明绪　刘先德　刘佩兰①

日俘供讯，碰上中国"南蛮兵"很头痛，而称我们云南妇女战地服务团的女同志"女南蛮"。我们当时经常白天隐蔽在防空洞内，无事谈论起来，觉得有趣，就凑起打油诗来。


古有花木兰，今有"女南蛮"。

奋起为国家，解放又何难。


---

① 彭明绪，四川省峨眉县人，生于 1922 年。高中上学时参加了云南妇女战地服务团，随六十军北上武汉。1938 年 4 月与其他 11 名队员结伴跑到台儿庄，参加了禹王山战斗。

刘先德、刘佩兰均是云南妇女战地服务团成员。

# 沁园春

### 云南妇女战地服务团在昆者①

黑雾漫漫，卢沟风烟，沪上鏖战。惊百载沉梦，睁目抖擞，精诚团结，奋起亿万。南滇女儿，何让须眉，挥戈从戎挽狂澜。把丹心碧血，为国奉献。

艰辛历尽八年，算外侮清除又内乱。喜人民革，澎湃空前，红旗高擎，推倒三山。东风浩荡，虎踞龙盘。日月华光换新天。庆中华锦程，神州灿烂。

1985 年 8 月

# 浣溪沙

### 云南妇女战地服务团在昆者

忆昔南国卸红装，倥偬奔驰在疆场，赢得中华号四强，神州今朝愈富强。莺歌燕舞花更香，四化宏图放金光。

# 云南妇女真勇健

### 谢和赓

云南妇女真勇健，　　服务随军不畏难。
曾与王莹并肩战，　　何辞露宿又风餐。

---

① 1985 年在云南昆明的原妇女战地服务团成员聚会，纪念抗战胜利 40 周年。

# 募寒衣歌①

南宁市妇女运动委员会

秋风起，

秋风凉，

民族战士上战场。

我们在后方，

多做几件棉衣裳，

帮助他们打胜仗。

打胜仗，

打胜仗，

收复失地保家乡。

# 捐赠棉衣歌②

佚　名

人民手中线，　　战士身上衣。

疆场御寒冷，　　何日凯旋归？

---

①　1937年11月，云南六十军奉命北上抗日，正值严冬到来，南宁市妇女站在街道旁，立于寒风中，唱着此歌，募集棉衣，寄往鲁南支援抗战。

②　这首诗是1937年12月昆明市抗敌后援会的同志从募集到的一件棉衣白布里子上发现的。捐赠人及诗的作者已无法查考。

# 抗日戎装效木兰

王琼珊①

台儿庄上剑光寒，　　　　抗日戎装效木兰。
虎将有威期胜易，　　　　狼倭无义不降难。
陷身敌阵板垣破，　　　　决策鏖战矶谷残。
浩首不忘从戎志，　　　　余丝吐尽方心安。

1994 年 4 月昆明

# 彩云归·纪念台儿庄大战

常绍群　陶任之

云南六十军战地服务团 60 人皆女同志，大者 25 岁，小者仅 15 岁，杀敌情殷，请缨抗战，随军出发。在战场上救死扶伤，与战士同壕射敌，真乃英雄也！今以词记之。

少年敌忾别家乡，恨倭奴血战台庄。近百年耻辱须洗雪，今有我，敌敢猖狂！呼前进，纵牺牲了，千秋姓字香。感父老，真情意，箪食壶浆难忘。

鄂湘赣北，硝烟遮蔽日无光。忽传遍，空前讯，倭寇竟已投降。姐妹欢呼高唱后，重理红装。从今起，祖国如旭日，万丈光芒！

1993 年 4 月

---

① 王琼珊，生于 1918 年，云南省昆明市人。投笔从戎参加了六十军云南妇女战地服务团，从事救亡工作。

# 满江红

## 晓 红

为参加台儿庄大战的云南籍女战士而作。

　　狼烟突起，呼声急，山怒水迫。别爹娘，红装偷换，披星戴月。红玉为夫擂战鼓，木兰代爷挥黄钺。娇俏女，再抖巾帼威，心如铁。

　　天欲烈，土焦灼，弹携恨，刀飞血。撷鬼子头颅，祭我先烈。台儿庄残壁立丰碑，运河波涛起悲乐。战旗举，捷报振中华，敌胆破。

# 忆台儿庄五首

## 李祖明

　　1938 年春，日军大举南犯，图我徐州。当台儿庄血战正酣时，我一四〇师奉命由潼关日夜兼程驰援台儿庄，与云南六十军同时到达前线。在禹王山、望母山、运河一带重创日军。我军则付出重大牺牲。鲁南爱国同胞亦多有捐躯。际兹台儿庄大战五十周年之际，缅怀往事，无限神驰，赋诔辞，以照忠魂。

### 一

台儿庄上挫敌锋，　　　　短梦依稀五十冬。
丑虏披靡逞霸道，　　　　旌旗生色照精英。
白沙黄草埋忠骨，　　　　碧血丹心照汗青。
地下有知应含笑，　　　　神州无处不春风。

### 二

回首台庄五十年，　　　　交锋惨烈史空前。

军民浴血歼倭寇，　　壮志捐躯为故园。
鲁境昔曾遭浩劫，　　河山今已换新天。
融融鱼水情难泯，　　遥念忠魂赋诔篇。

1988 年于贵阳

## 三

帝政扶桑巳日斜，　　犹施强暴扰中华。
穷兵黩武谋征服，　　抗敌救亡保国家。
苏鲁军民争效命，　　台庄浴血震天涯。
心香敬烈临风奠，　　遥向英灵献一花。

1993 年于台儿庄

## 四

　　1993 年台儿庄大战 55 周年，枣庄市举办台儿庄大战国际学术研讨会及台儿庄大战纪念馆落成典礼。老朽应邀再返台儿庄，乘车渡船扶杖奔鲁，虽八十又三，兴致不减，颇有感慨，小诗以记。

兴国勋猷书玉帛，　　惠民实绩奏弦歌。
辉煌建设宏图远，　　锦绣山河万里波。

## 五

五十五年忆旧仇，　　台庄血战惩倭酋。
神州万里山河壮，　　万载承平感世秋。

1993 年春于台儿庄

# 台儿庄颂

赵汝懋①

1993 年 4 月 8 日，纪念台儿庄大战 55 周年及大战纪念馆落成。云南妇女战地服务团成员段毅贤女士（原名段竞强）代表云南的参战将士自昆明来台儿庄参加盛会时，将诗带来。——编者语

| | |
|---|---|
| 五十年前大战场， | 震惊中外台儿庄。 |
| 抗倭浴血三军勇， | 为国捐躯万古扬。 |
| 昔日滇人多壮志， | 今朝鲁地换新装。 |
| 缅怀先烈英姿在， | 青史名标纪念堂。 |

1993 年于昆明

# 锣鼓快板诗②

邳县战地慰问团

日本强盗野心狂，（咛咚呛）

杀人放火占地方，（咛咚咛咚呛）

宰了鸡，杀了羊，还要一个花姑娘。

真是太凶狂，

太凶狂。（咛咚咛咚呛，咛咚呛）

谁知中国变了样，（咛咚呛）

不受压迫来抵抗，（咛咚咛咚呛）

---

① 作者原为云南妇女战地服务团成员。
② 此锣鼓快板诗是邳县战地慰问团到禹王山慰问时为滇黔军队演唱的。

东一村，西一庄，大家组织游击队，

和它干一场，

干一场。（咗咚咗咚呛，咗咚呛）

（李祖明提供）

# 醒狮怒吼

（歌词）①

佚　名

　　看，醒狮怒吼！震撼全球。地不分南北，人不分老幼，都拿着枪，挥着刀，伸出拳头。前进，前进！奋勇前进绝不停留。结算半世纪的总账，②报复不共戴天的怨仇。痛饮黄龙千古快，青天白日照亚洲；痛饮黄龙千古快，中华国旗照亚洲。

　　看，志吞山河！气冲斗牛。地不分南北，人不分老幼，都拿着枪，挥着刀，伸出拳头。冲冲，冲冲！冲过华北收复满洲。结算半世纪的总账，报复不共戴天的怨仇。痛饮黄龙千古快，青天白日照亚洲；痛饮黄龙千古快，中华国旗照亚洲。

（段毅贤　提供）

# 禹王山凭吊

季茂龄

秋风飒飒哀草黄，　　　　荒草累累实堪怜。

---

①　1938 年云南妇女战地服务团在台儿庄唱的抗战歌之一。

②　自甲午战争，日本侵略中国已久。

日军猛犯台儿庄，　　黔滇固守禹王山。
禹王山势甚险峻，　　海拔千丈运河边。
当年争夺禹王山，　　运河悲咽血水翻。
大刀闪处敌头落，　　机枪扫射尸堆山。
杀声震动天地暗，　　血光遮山日影寒。
血飞肉翻敌叫哭，　　硝烟弥漫不见天。
云贵健儿真英勇，　　甘抛头颅保河山。
卢汉将军冒矢石，　　身先士卒气冲天。
手握利刀大声喊：　　为国杀敌不生还。
拼死苦战七昼夜，　　胜利旗插禹王山。
凯歌阵阵号角响，　　倭寇溃败四处窜。
牺牲旅长扈先梅，　　高鹏团长眠山前。
负伤流血陈钟书，　　血写大字留遗言。
将士伤亡一万多，　　敌人惨死统计难。
春花秋月往事过，　　山林野草风呼唤。
英雄忠骨长埋处，　　丹心贯日耀史篇。

# 赴台儿庄前线答同学

## 戴泽坤[①]

极目中华尽创伤，　　前途家国两茫茫。
革命花是青年血，　　马革裹尸姓字香。

北国风光满地愁，　　男儿岂恋故园秋。
胡笳响处声悲壮，　　誓扫倭氛固金瓯。

---

① 戴泽坤，1938 年正在军校学习，毕业时值台儿庄大战，分配到一四〇师八三五团任连长，防守台儿庄东连防山、禹王山一带。

# 运河水清又长

戴泽坤

运河水啊清又长，　　战士勇气高万丈。
舍身报国不回顾，　　誓斩倭奴保家邦。
运河水啊清又长，　　战士热血洒疆场。
马革裹尸男儿志，　　青山忠骨永流芳。

# 滇军调赴台儿庄

段毅贤①

## 一

滇军四万赴鲁南，　　血染运河禹王山。
夜郎不知天多大，　　板垣岂能敌卢汉。

## 二

飞机大炮轰山前，　　毒气施放土冒烟。
战车坦克潮水涌，　　三迤健儿腰不弯。

---

① 段毅贤，原名段竞强。云南昆明中学生，滇军北上抗日，段女士入选为云南妇女战地服务团团员。1993 年春，段女士来台儿庄参加大战纪念馆落成典礼。

日军在台儿庄大战中施放了毒瓦斯，违犯了国际公约。

## 三

姐妹十二飞前线，<sup>①</sup>　　　日军称为女南蛮。
战壕举枪杀日寇，　　　　不让须眉敌胆寒。

# 赠彭明绪大姐

## 问　邻

### 一

诗书琴画校院静，　　　月夜遥闻刀枪鸣。
纷传城头胡尘起，　　　小刀初试随军征。
去黔走皋瑶山暝，　　　何惧单于弯大弓。
凄歌厉声寒刁斗，　　　红装不理镜无影。

### 二

华北书桌西南迁，　　　滇池女儿赴鲁山。
征衣绿映运河水，　　　禹王前线会卢汉。
寒风苦雨沙石漫，　　　向歌救亡战板垣。
梦母闻唤归不得，　　　红装敦料何时换？

---

①　台儿庄大战时，云南妇女战地服务团正在武汉集训。彭明绪、刘先德、刘佩兰、张丽芬、陈琼芬、宋志飞、孟昭文、黄自仙、姜笛芳、苏志贤、汤炳贤、马绍良 12 名女团员未经批准便扒车到了台儿庄。

# 血写的史诗

于长銮

古历二月二十三日，
清凉庵、回教堂、耶稣庙，
无半掌之壁不饮弹；
无方寸之土不沃血。
拂晓，
三千发炮弹，暴怒了一支铁军，
古铜色的臂膀裸露着，
眼喷着火，
血沸出胸膛。
一个虎跃跟着一个虎跃，
砍杀东洋的祸水。
在牛寺、在羊场、在双巷，
钢盔下的灵与肉，
填满三千个罪恶的弹坑。
"圣战"者的耻辱，
逃遁了"武士道"的惊魂。

五十年，
烟云易逝，
运河不老。
凝重的笔记下，
一个农民儿子的追忆。
还有清真寺，
挺立的古柏作证。

# 台庄一战胜强兵

周又生

台庄一战胜强兵，　　百万龙孙意气横。
试看中华谁敢侮，　　岿然屹立似金城。

喜看春风吹鲁南
一代英雄又出山

# 游台儿庄有感

覃异之①

## 一

血战台庄五十春， 八旬老将又光临。②
中华大地今非昔， 盛世毋忘御寇心。

## 二

百年屈辱旧中华， 奋起争开四化花。
兄弟阋墙留痛史， 台彭金马早还家。

## 三

垂老重游古战场， 弹痕布满寺门墙。
当年炮火纷飞地， 今日高楼鱼米乡。

## 四

丰收捷报喜频传， 政洽人和万象妍。
阅尽沧桑辱国史， 赢来华夏振兴年。
毋教分裂留新耻， 促进和谈弃旧嫌。
计利当计天下利， 同胞十亿盼团圆。

---

① 覃异之，广西宾阳县人，生于1907年。黄埔军校二期，台儿庄大战时，为二十军团二十五师参谋长，驻台儿庄北山区待命，拊敌之背。后任师长、军长、兵团司令等职。曾任民革中央常委、全国黄埔同学会副会长、民革监委副主席、全国政协委员、水电部参事室主任等职。1988年春应邀到台儿庄参加纪念台儿庄大战50周年座谈会。

② 覃老先生来台儿庄旧地重游时已81岁。

## 五

当年大捷台儿庄，　　今日建成锦绣乡。

爱国精神万代传，　　中华奋起放光芒。

## 六

半个世纪旧战场，　　豪情再访台儿庄。①

倭奴强寇凶锋挫，　　华夏雄风士气扬。

八载鏖战雪国耻，　　两朝失地庆还偿。②

振兴中华须团结，　　寄语台湾放眼量。

# 英雄台儿庄

### 蔡义江③

庄有台儿华夏雄，　　功留百代仰英名。

何当振兴新中国，　　两岸齐心慷慨同。

# 忆台儿庄大捷

### 孙松一④

抗战八年国威扬，　　大捷歼敌台儿庄。

浴血巷战保寸土，　　挥刀砍杀屠犬羊。

---

① 1985年、1988年覃老两次访台儿庄。

② 清末、民初，言两朝。

③ 蔡义江，浙江宁波人，生于1934年。毕业于杭州大学，历任讲师、教授，中国红楼梦学会副会长、国家级突出贡献专家、民革中央宣传部长，第六届、第七届全国人大代表、第八届全国政协委员。

④ 孙松一，1938年任《武汉日报》记者，台儿庄大战时到前线采访，曾写了不少新闻报道，后到丹东市第一高中任教。

捷报频传到武汉，　　三镇欢呼喜欲狂。

国共合作战愈勇，　　日寇俯首终投降。

五十年来重建国，　　地覆天翻慨而慷。

锦绣河山更壮美，　　万众齐心报炎黄。

# 万人凭吊故将军

万增福①

台儿庄前水无声，　　草木犹含战血腥。

卫国长城遗迹在，　　丰碑旋馆纪英灵。②

雷霆百万压孤军，　　誓扫强敌不顾身。

自有神州飞将在，　　板垣矶谷俱亡魂。

关山戎马千秋业，　　大地风雷百战身。

今日郊原翻麦浪，　　万人凭吊故将军。

# 题台儿庄大战遗址

石　英

久仰台儿庄，　　今临古战场。

白驹过隙短，　　浩气化云长。

海峡疑无路，　　民族应有光。

何处觅忠魂？　　麦熟风亦香。

---

① 万增福，河北省人，抗日战争时追随孙连仲转战，1938 年参加台儿庄大战。

② 台儿庄大战纪念馆东端为圆顶，故称旋馆。

# 台儿庄大战诗祭

别志南

## 远怀孙连仲将军

为国赴难从戎伍，　　与时际会辅贤明。①
叱咤喑呜将军度，　　温柔敦厚长者风。
亲犯锋镝歼仇寇，　　位高仆谢胜父兄。
纵有微瑕难掩瑜，　　也应青史留盛名。

丁卯荷月②

## 悼念孙连仲将军

名标青史第一流，　　将星陨落太平秋。③
荆树有花光玉宇，　　合欢含笑照金瓯。
寿比南山期颐近，　　功高北斗岁月遒。
千里闻耗频洒泪，　　风雨追随属同舟。

## 敬献仿鲁公

受命危难视等闲，　　挞伐号令谈笑间。
以弱制强光史册，　　顿教世人刮目看。

---

① 指作者在孙连仲部当兵。
② 1987 年夏。
③ 孙连仲将军 1990 年逝于台北市。

布衣芒鞋行伍间，　　将军士卒共苦甘。

精忠一心求妙用，　　抗战史上着先鞭。

## 怀念池峰城

清真寺前硝烟浓，　　冲杀频传凌厉声。

亲毁浮桥断后路，　　背水一战竟全功。

台儿庄前血战功，　　无人不道池峰城。

曾记北上受降日，　　临风洒涕论英雄。①

八月秋高凌碧空，　　不尽千丝万缕情。

血染旌旗人去后，　　江山何处觅音容？

## 哭善本②

东都流连未能忘，③　　战地频寄夜来香。④

忽传奋飞乔迁去，⑤　　窃喜秀干做栋梁。

孰料风波平地起，　　无端瘴疠黯红芳。⑥

并肩凝眸君何在？　　顿教故人泪千行。

## 观电影《血战台儿庄》

银屏今日喜更新，　　驰骋再现华夏魂。

---

① 1945 年 8 月 15 日，日军宣布投降。作者同池峰城同机北上北京受降，座中言及死难战友，潸然泪下。

② 作者与刘善本是总角之交，均为山东安邱人。

③ 东都指洛阳，1937 年刘在洛阳航校与作者常在洛阳桥共餐。

④ 别志南赴台儿庄前线，刘屡寄夜来香于台儿庄。

⑤ 指刘善本驾机起义，后任空军训练部部长。

⑥ "文化大革命"中刘被迫害致死。

司马青衫激情切，　　老朽原是此中人。
海峡东西一家人，　　两制主张撼人心
喜看合作垂青史，　　回归宜早寄望深。

## 纪念碑前

寒食东风草木悲，　　苍颜老兵梦相随。
远来一掬伤心泪，　　回首当年愿无违。

## 七　律

一从庄上抑强敌，　　世人刮目看"病夫"。
矶谷廉介瓮里鳖，　　板垣四郎黔中驴。
遇嘹白驹惊噩梦，　　无缺金瓯固磐石。
有约不赴缘衰久，　　翘首南望草离离。

## 遐　想

别梦依依台儿庄，　　柳暗花明运水香。
望眼玲珑楼台近，　　回首纵横道路长。
战地竟成繁华地，　　穷乡化作鱼米乡。
诸公欲问离乱事，　　坐听老兵话沧桑。

## 赠别台儿庄父老

君问此行复何为？　　感戴降恩我自知。
庙堂巍峨怀旧德，①　　万众激昂动幽思。

———————————

① 庙堂，指台儿庄大战纪念馆。

欲效衷情偏有泪， 着意抒怀却无诗。
愿为衔泥梁上燕， 奋飞直到力尽期。

1993 年春

# 三游台儿庄

## 一

老去重游台儿庄， 载欣载奔热衷肠。
疑是误入桃源路， 绿野人耕草木香。
为有牺牲光日月， 赢来和平跻富强。
辽鹤归飞应有意，① 吾爱我庐更爱乡。

## 二

暮春来访台儿庄， 多情主人罗酒浆。
借花献佛酹英烈， 烂漫卿庐国运长。

## 三

千里来访台儿庄， 椎心泣血吊国殇。
指点当年鏖战处， 引吭高唱满庭芳。

## 四

踏上运河千里堤， 流水欢唱绿柳依。
过往行人皆含笑， 老兵到此一解颐。

---

① 辽鹤，远来的飞鹤，作者自喻。

## 五

踏遍东西觅遗踪，　　追远不尽赤子情。
辉煌史册添异彩，　　赢得举世慕盛名。

## 六

战时遗址清真寺，　　斑驳弹痕生绿苔。
此地攻守频易主，①　　弹痕原自两方来。

## 七

忆昔战时才弱冠，　　五十二年鬓成霜。
千里来访如梦寐，　　似曾相识旧战场。
唯有楼阁连广宇，　　却无蓬门薜荔墙。
惊定方拭欢喜泪，　　游轼盛哉志华章。

## 八

夜雨初霁润如酥，　　为偿夙愿上征途。②
满目琳琅喜不尽，　　抚今追昔光明路。

# 台儿庄大战五十周年有感

## 孙惠书③

东邻有强敌，　　蓄意肆鲸吞。
既占我东北，　　复又陷平津。

---

① 中日双方多次争夺清真寺，弹洞为中日争来夺去所击。
② 别志南为家乡办医疗中心，为乡亲服务。急返安丘。
③ 孙惠书系孙连仲之女，1988 年 4 月应邀来台儿庄参加纪念大战 50 周年活动。民革成员，曾任民革妇女委员会主任。

长趋直南下，　　　　染指济南城。

洙泗弦歌地，①　　　烽烟战血腥。

掠夺又烧杀，　　　　举世无比伦。

敌酋骄且暴，　　　　妄谓无秦人。

中华好儿女，　　　　炎黄之子孙。

抗强保家国，　　　　万众同一心。

军民如鱼水，　　　　众志自成城。

奋起予还击，　　　　台庄决死生。

血战十五日，　　　　寸土誓必争。

日日复夜夜，　　　　炮火无时停。

碧血洒原野，　　　　丹心映日星。

板垣与矶谷，　　　　狼狈弃甲兵。

全国同振奋，　　　　举世皆震惊。

世事有代谢，　　　　英明照汗青。

迄今五十载，　　　　永刻人心中。

1988 年春

# 吊台儿庄大战遗址

池　皓②

一

台儿庄前血战酣，　　　英雄挥戈敌胆寒。

安居乐业风雨过，　　　山山水水绿人间。

---

①　洙泗，洙水、泗水皆在曲阜。此代孔府。

②　池皓系池峰城之子，河北景县人，生于 1930 年。军医大学毕业后，从事教育工作。曾为宁夏政协委员、银川民革副主委、中国解剖学会宁夏分会副理事长、高级讲师。

## 二

五十春秋一瞬间，　　台庄大战震宇寰。
北门寺内遗迹在，①　　留作后人颂诗篇。

# 血洒台儿庄

董西园②

志士血洒台儿庄，　　苦战博得姓字香。
喜看今日新景象，　　五湖四海满春光。

# 词　八　首

## 别志南

年逾古稀，三下台儿庄。旧地重游，感慨万千。昔日战友，多已作古。幸存者天各一方，追思不及，拙文记之。

## 鹧鸪天·赠郁天鹏③

千里投书诉衷肠，身遥心近又何妨。今又何夕君记否？厉兵秣马理轻装。

娘子关，台儿庄，斩将搴旗抑凶狂。老去犹存肝胆照，一瓣心香荐

---

① 北门、清真寺均为中日争夺激战之地，今为遗址重点保护之处。
② 董西园，又名董翰堂，生于1898年，山东省莱州市人。原为三十一师上校军医，参加过台儿庄大战。
③ 郁天鹏，河南省夏邑人，台儿庄大战时任二十七师一五七团一营营长，火线负伤始下阵地。曾写过《从娘子关到台儿庄》，是别志南的战友。

炎黄。

## 一剪梅·赠孙松一

千戈扰攘意如何？北上犹豫，西去踟蹰。敢犯锋镝归故庐，仰事父母，俯畜妻儿。

笔扫千军御倭奴，硝烟弹雨，纵横驰驱。霜后松柏劲有余，仁者多寿，乐享期颐。

## 滚绣球·寄台彭旧友

水有源，木有根。人也亲，土也亲。逢厄难，挞伐气如吞，无愧炎黄为儿孙。

河水永固，萁豆情深，愿海峡重谱同心曲，放胆快步共遵循，百尺竿头齐踊跃，日月光华天地新。

## 临江仙·迎圣火[①]

名城今日迎圣火，拙笔难赋深情。却敌岁月去无影，楼头杨柳陌，歌舞爱升平。

五十二年如一梦，此身重到堪惊，于今世道已分明，人在舜日下，偕与动征程。

1990 年 9 月

① 1990 年 9 月 17 日，名城台儿庄迎接亚运会圣火，作者躬逢盛事。

# 短歌·思郁天鹏

芒砀形胜地，自古多豪英，赣上识君后，奄忽五十冬。胸怀常坦荡，气度每恢宏。临阵士先卒，关沟斩鲤登。鲁南歼仇寇，屡屡挫敌锋。抚创犹再战，危难见忠贞。豫鄂苦对垒，八年竟全功。良禽知择木，颐养渝州城。瓜瓞喜绵绵，矍铄双寿星。清廉尤可贵，国人称难能。相契为良友，念此与有荣。

# 挂殿秋·赠远朋

泗水流，泇水流，① 流到海隅古渡头。寄语亲人多珍重，家家倚闾望归舟。②

思悠悠，梦悠悠，卅年离别又中秋。千里婵娟共心愿，③ 安定团结固金瓯。

# 满庭芳

尧封禹甸，④ 中华人物，炎黄一脉风流。青山绿野，弦歌传九州。一旦强虏入寇，迫眉睫，共赴国仇。无反顾，沙场喋血，谁惜少年头。

台枣拒地处，小试身手，板谷俱休。⑤ 跻身前，忠勇气冲斗牛。回首豺狼何在？只落得，南冠楚囚，到而今，英雄去矣，业绩万古留！

---

① 泗水、泇水，均在山东南部。
② 闾，古时巷口的门。泛指门。
③ 婵娟，月亮。
④ 甸，古代郊外的地方。
⑤ 板谷，即板垣征四郎、矶谷廉介。

## 临江仙·开拓待后生

忆昔庄上霹雳鸣，阵前多是豪英。泗水流月去无声，雄风依然在，长留我心中。

五十五年如一梦，玉宇海晏河清，载歌载舞庆升平。素情力难尽，开拓待后生。

1993 年 4 月

# 台儿庄大战词三首

牛洪凯[①]

## 鹧鸪天·台儿庄大捷

三岛毕竟出降幡，匆匆又过五十年。犹记台庄血战日，梦中杀声响连天。忆往昔，视今天。金瓯待补最为先。两岸三次重携手，一统九州亿民欢。

## 虞美人·重携手

霜鬓雪发日促老，青春早去了。解甲归来又匆匆，世事沧桑恍若一梦中。缚龙豪气今仍在，哪论岁月改。问君日暮何所求？再补金瓯两岸重携手。

---

① 牛洪凯，生于 1909 年，安徽宿州人。1990 年为迎接亚运会，枣庄市定台儿庄为接火炬地点，牛老以老兵身份应邀来台儿庄。1938 年牛洪凯为三十一师一八五团二营五连连长，其任务是坚守火车站。

## 鹧鸪天·重访台儿庄

金秋重访台儿庄，欢欣鼓舞热衷肠。疑是进入桃源路，挥手笑谈古战场。
情无限，喜欲狂，我爱我民更爱乡。万人满巷迎火炬，① 盛况空前志华章。

## 水自泱泱山自苍

牛洪凯

十万健儿日月光，　　　台儿庄上气堂堂。

民族伟业成古典，　　　水自泱泱山自苍。

## 当思台战激

陈士榘②

当思台战激，　　　常怀合作时。

华夏今一新，　　　诚切盼统一。

## 献给大战纪念馆

曾涤③

台儿血战已烟消，　　　中华英烈永名彪。

今日欣逢团结会，④　　　民族兴隆国力高。

---

① 指从江苏迎接亚运会火炬至山东。
② 陈士榘，中国人民解放军工程兵司令员。
③ 曾涤，南开大学教授，1993 年 4 月来台儿庄参加大战研讨会。
④ 指台儿庄大战国际学术研讨会。

# 重游台儿庄

孟繁超

| | |
|---|---|
| 腥风血雨运河前, | 岳武雄文有续篇。 |
| 一览山河新气象, | 登临不禁忆当年。 |

# 水调歌头

刘泽斌[①]

禹域五千载, 金碧画图中, 文明精奥奇伟, 灿烂耀苍穹。一旦侵凌日寇, 万里河山倸儳, 蹂躏犬羊锋。国难燃眉睫, 志士愤填胸。

执干戈, 卫社稷, 气如虹。长城血铸, 虽死为鬼亦豪雄。回顾台庄拼搏, 展神州康乐, 义重泰山同。岁岁春花发, 百代仰英风。

# 台儿庄诗三首

贺懋莹

# 清真寺

| | |
|---|---|
| 殿自威严气萧森, | 当年鏖战驱妖氛。 |
| 弹洞虬枝依然在, | 装点古寺到如今。 |

---

① 刘泽斌, 泸州市华阳人, 农民诗人, 四川省诗词学会会员, 泸州市书画院研究员。

# 中正门

岿然当年中正门，　　　金瓯岂容倭寇吞。
垣毁堞飞血躯在，　　　铁脊挺起民族魂。

# 大战纪念馆

馆纪丰碑高耸天，　　　御侮阅墙两判然。
烽烟历历重聆睹，　　　老兵后人泪湿衫。

# 在大战遗址前

陈　冰

纵有千年耻辱

也没有泪水

泪水早已被岁月凝成不屈和坚强

如今这些站在墙下当年烈士的子孙

正用目光

截下这段殷红的横断面

沉痛地翻动历史

血几乎凝固

冰冷的目光逼视墙面黑色的弹孔

仿佛墙头旌旗在望

墙下号角怒吼

硝烟与炮火正撕开如晦的天空

将士们滴血的誓言气吞山河

终于

枪声、炮声、厮杀声渐渐远去

胜利的喜悦印在中华民族的脸上

然而

悲苦却永远刻在人们心里

从此台儿庄这个响亮的名字

镌在海峡两岸人的心里

让所有的中国人

怀着敬仰和热望

细细品味中秋月不圆的苦涩

# 满庭芳

## 宋天祥①

1937 年，日军入侵，国破家亡。余应征服务于孙连仲将军所属之三十一师，1938 年参加台儿庄战役。韶华易逝，倏倏 55 年矣。作《满庭芳》书赠台儿庄大战纪念馆。

五十五年，依稀如昨，极目铁马金戈。勇士喋血，运水荡红波。击溃倭奴强虏，刮目看，东方巨国。忠骨香，丰碑赫赫，万代永讴歌。

老来偏爱史，历数兴亡，全是自作。莫忘家国恨，心铭骨刻。天下风雷仍急，炎黄儿女，莫蹉跎。喜今朝，春潮带雨，绿了我山河。

岁次癸酉写于石家庄

---

① 宋天祥，1938 年任第二集团军三十军三十一师一八一团卫生队文书。

# 纪念台儿庄大捷五十五周年

### 张寿龄①

五十五载忆当年，　　　　敌忾同仇动地天。

激战台庄摧日寇，　　　　誓驱仇虏挽狂澜。

风云叱咤声威振，　　　　凌厉冲杀敌胆寒。

还我河山终奏凯，　　　　讴歌盛世颂前贤。

# 台儿庄抒怀

### 王晓祥

夜月卢沟烽火燃，　　　　台庄血战鼓声频。

将军决策惊环宇，　　　　勇士同仇泣鬼神。

剑舞刀扬隐约现，　　　　狼嚎豹吼依稀闻。

奔腾运水千年恨，　　　　永葆民族浩气魂。

# 喜见中日增友好

### 张之强②

弹指一挥五五春，③　　　　翻天覆地到如今。

---

① 作者当时任第五战区司令长官办公室高级参谋。

② 张之强，又名曲茹，河南人，生于 1916 年 10 月，上大学时值"七七卢沟桥事变"，自北京流亡到西安。三十一师法处长丁行奉命到西安招募战地服务团成员，经八路军办事处协助，张之强被招赴台儿庄战地服务。任二十七师战地服务团副主任、中共地下党支部书记、三十军秘书等职。返延安后历任三五九旅秘书、二野军政大学第一总队政委、中国医学科学院书记、卫生部副部长等职。

③ 张之强多次受邀，均因工作忙而不能到台儿庄。1993 年写来此诗表达心意。1938 年至1993 年适逢台儿庄大战五十五周年。

喜见中日增友好，　　　更盼弃嫌谋宏辉。

# 装扮山河有后人

倪志本[①]

## 一

留得戎马百战身，　　　今岁八旬倍精神。
清真碧血怀英烈，　　　文昌丹心吊忠魂。[②]
运河水影千帆过，　　　大桥车飞万里尘。
硝烟已散半世纪，　　　装扮山河有后人。

## 二

北国江南台儿庄，　　　扬威不屈古战场。
英雄儿女多才智，　　　绘我江北鱼米乡。

# 清平乐·贺倪老

闫耀存[③]

当年功臣，松柏台庄镇。沧桑变迁显精神，国兴重振民魂。

八旬白发重聚，慈祥警喻后人。兴邦富民之路，自立志强为本。

---

①　倪志本，生于1913年，山东苍山人。1933年在二十六路军总部特务营当兵。1938年参加台儿庄大战时，任三十军军部副官，后任军需处长、支队司令、团长、师长等职。黄埔11期。曾任苍山政协委员。先后四次到台儿庄参加纪念活动。

②　文昌阁，战时中日争夺激烈之地，现已荡然无存。

③　闫耀存，滕州人。曾任枣庄市银行学校副校长。

# 一代英雄又出山

佟苏丹①

一

五十五年若逝川，　　　丹青几页写波澜。
当年烈火硝烟处，　　　今日春风绿浪间。

二

白发欺人心未老，　　　红旗耀眼色愈鲜。
喜看春风吹鲁南，　　　一代英雄又出山。

# 台儿庄大战五十五周年

熊顺义②

1993 年 4 月 7 日，台儿庄大战 55 周年。我应邀参加纪念活动。与老战友及抗日将士亲属共同参加了纪念馆揭幕式，颇有感怀，小诗以记。

---

① 佟苏丹，生于 1914 年，江苏徐州人。1935 年江苏省立运河乡村师范毕业，1938 年春任第五战区民众抗敌总动员委员会组织部特派员、中国救亡剧团研究部副部长、桂林《力报》记者、徐州《前路文艺》主编。后任徐州中学校长、文教局副局长、文联主席等职。

② 熊顺义，四川威远人，生于 1910 年。1938 年滕县保卫战时任二十二集团军一二二师七四一团二营营长。后任二六兵团师长。新中国成立后曾任济南市劳动局副处长等职，系民革成员，山东省政协常委、省府参事。

## 台儿庄报到

鲁南大地浮祥云，　　　　台庄大战五五春。
中外学者集战地，①　　　共研战史和平论。

## 大会开幕式

大战胜利五五秋，　　　　扬我国威誉五洲。
中外嘉宾齐欢庆，　　　　共讨侵略万声吼。

## 纪念馆揭幕

馆雄展宏开幕礼，　　　　千人欢庆皆大喜。
爱国主义好教材，　　　　共识侵略与正义。
一衣带水应相亲，　　　　睦邻友好世代需。
东亚稳定安危系，　　　　世界和平众所依。

## 参观展览室

昔日大战炮声隆，　　　　室内再现史有声。
边听边看声色俱，②　　　老兵两眼泪纵横。
战史桩桩灾难重，　　　　苍天应知苦与痛。
中日共识离乱日，　　　　珍惜友谊乐升平。

---

① 指台儿庄大战国际学术研讨会。
② 展览室内有 1938 年伊文思拍的纪录片《四万万》。

## 大战座谈会

战士亲属喜相逢，　　烈士英灵遨长空。
共计建设台儿庄，　　忆昔当年战火红。
我侪幸存逢盛世，　　同吊先烈任务重。
喜看后人多英杰，　　振兴国威逞雄风。
发展新城皆有责，　　跃马登程再建功。

## 参观清真寺

清真寺壁弹痕坑，　　似闻战场杀敌声。
争夺来去死多少？　　寺前古柏作见证。①
殿堂全毁今修复，　　回民兄弟拜主恩。
祈祷和平重建国，　　社会主义日日新。

## 谒新关帝庙

新关庙内烟消散，　　帝像缥缈空余坛。
当年庄内夷平地，　　池公庙内稳如山。②
巷战逐屋中日夺，　　中华健儿战犹酣。
旬余苦战方胜利，　　歼敌逾万世界看。

## 参观中正门

此门中正修复新，　　登楼一望城内荫。

---

① 寺前尚存古柏。
② 新关帝庙曾为三十一师指挥所。

接连楼房顶天立，　　　街宽巷深商店林。

忆昔战场血如海，　　　看今闹市人如云。

运河船队东流水，　　　桥上汽车南北奔。

## 和李祖明诗

同壕战友犹未亡，　　　数日同游古战场。

台庄新貌共翘首，　　　预约期颐共举觞。

## 离别台儿庄

台庄盛会瞬四天，　　　纷纷话别情意绵。

相期五年再相会，　　　庄前垂柳水映天。

老中青属虽三代，　　　各献成果纪念馆。

十亿携手同发展，　　　桥头共观月儿圆。

## 附：李祖明诗

同年袍泽共存亡，　　　歼敌锄倭同战场。

今日台庄重聚首，　　　相期百岁共称觞。

# 游台儿庄组诗

熊顺义

## 接迎圣火

万里晴空迎圣火，　　　台庄名城唱新歌。

各族人民齐欢舞， 亚洲雄风震山河。

## 五友共吊①

战友共吊古战场， 缅怀先烈自暗伤。
畅谈当年歼倭史， 扬威世界民族光。

## 漫游运河

运河南北稻花香， 行人入胜进天堂。
千年荒滩盐碱地， 今朝变成米粮仓。

## 新建船闸

漫天灿烂金秋间， 船闸工程碧连天。
溯天运河成功日， 南水北调福万年。

## 运河新姿

运河开航千余年， 风帆人纤今不见。
驳船牵引一串舟， 水上"列车"谱新篇。

## 看纺织厂

泥沟战事记犹新，② 胜利喜传满怀欣。
笑谈工厂平地起， 纺纱织布为人民。

---

① 五友，指1993年春来台儿庄参加纪念大会的倪志本、别志南、李祖明、段毅贤等抗日老战士。
② 日军侵犯台儿庄，首先炮轰泥沟。今已建起棉纺厂。

## 参观酒厂

台庄酒厂满院香， 不见昔日古战场。
多少英雄流血汗， 争夺此地有荣光。

## 观引微渠①

西水东调引微渠， 六五公里水漓漓。
灌溉良田廿万亩， 稳产高效创奇迹。

## 水调歌头

### 晓 红

谨献给血战台儿庄的将士们。

千里舍家园，雪耻赴鲁南。愤斩倭贼魔爪，全我好河山。身躯筑起长城，豪气铸就利剑，何求裹尸还？丹心昭日月，热血化杜鹃。

五十载，岁月迁，意拳拳。重逢青檀银杏，抒怀运水边。依稀金戈铁马，沐血榴红吐芳，台庄喜空前。相视冀斑白，极目天地宽。

## 赠台儿庄大战纪念馆

### 尚 一

国仇深重炮声隆， 黄裔岂乏万夫雄？
壮士捐躯抛度外， 德翁筹算自如中。

① 引微山湖水。

运河鲜血同流碧，　　　战鼓军旗互映红。

劲敌被歼勋业在，　　　全民御寇第一功。


# 卜算子

### 赵纯佑

台儿庄大战55周年，纪念馆落成典礼志贺。


卜算五十五，纪念馆初到。歼敌万余振国威，台庄留影俏。

八年抗战史，胜利谁来报？屈原苏武都不是，当归黄忠笑。


癸酉春于济南


# 赠张玉法君①

### 李　新


## 一

春光长驻台儿庄，　　　两岸史家吊战场。

四万万人齐抗战，　　　山河半壁得重光。

## 二

五十五年瞬息过，　　　当年战士已无多。

中华又值腾飞日，　　　跨越海天赋赞歌。

---

　　① 张玉法，台儿庄人，台湾"中央研究院"院士、师范大学教授。应邀返乡参加大战学术研讨会，发表论文《海峡两岸学者对台儿庄战役的研究》。

# 台儿庄情思

**王海峪①**

　　1993 年 4 月 8 日，我以参战将士后代的身份，应邀参加了"台儿庄大战 55 周年学术研讨会暨大战纪念馆落成典礼"的活动。当我一踏上台儿庄的大地，看到的是弹痕累累的城墙，清真寺在清清的河水和葱茏的绿树之间。喜笑颜开的台儿庄人们，或骑车或驾驶着车在宽阔的道路上穿梭往来，一派山笑水笑人欢跃的景象，与我儿时脑海中的台儿庄真是天壤之别，惊愕中的我情不自禁地道出：

> 台儿庄，
> 多么陌生，
> 我是第一次来到这里；
> 台儿庄，
> 多么亲切，
> 我亲爱的父亲在这里流血牺牲；
> 台儿庄，
> 多么可爱，
> 弹丸之地震撼了世界。
> 多么多么的了不起，
> 台儿庄！
> 你记载了中华民族的豪气、威风！
> 你——
> 今天又展示了改革开放的中国风貌。
> 台儿庄，
> 我怎么称呼你呢——
> 怎么称呼你才合适呢？

---

　　①　王海峪，辽宁海城人，生于 1939 年。曾任山东民革联络处处长，《山东文学》编辑。系五十七军———师三十三旅旅长王肇治烈士之女。1993 年春，王海峪女士来台儿庄参加纪念活动，在座谈会上即席赋诗。

啊，

台儿庄，

你像故乡，

你像母亲。

我，

和我一样的，

无论远在天涯，

近在咫尺的中华儿女，

都将会全身地拥抱你，

建设你！

啊！

台儿庄，

像朝霞一样的台儿庄。

# 台儿庄纪行

李尚元①

## 台儿庄一瞥

新城古运相比连，　　北国水乡别有天。

南来商贾北来客，　　吴语京腔赞新颜。

## 参观大战纪念馆

东邻孽障施强权，②　　侵我华夏历八年。

---

① 李尚元，山东滕州人，1966 年毕业于山东师大，曾任教师、编辑、市政协委员等职。现为山东作家协会会员、民间文艺家协会会员、市作家协会副主席、诗词学会理事等。

② 孽障，一般指罪恶、邪恶。此指日本侵略者。

台庄一场保卫战，　　炎黄振奋敌胆寒。

洋枪大炮有威力，　　大刀偏向鬼头劈。

洒尽热血沃寸土，　　中华民族不可欺。

## 台儿庄烈士陵园祭

抛头洒血济苍生，　　尽除顽敌眼亦暝。

国开盛世民温饱，　　额手酹酒祭英灵。①

## 题清真寺弹洞残壁

清真寺里久盘桓，　　但见弹洞遍残垣。

卫国捐躯诸将士，　　犹向后人说从前。

## 月河公园赞

青桐绿柳濯春风，　　拱桥碧水扁舟轻。

我来寻觅旧战场，　　疑身误入画图中。

# 光芒万丈的台儿庄

雷振华②

在世界的东方，

在大运河北岸，

---

① 额手，举杯过额表示崇敬，与齐眉同义。

② 作者系枣庄市市中区党校教务处主任，江苏丰县人，1958 年入山东师范大学学习，毕业后从事教学工作，时为高级讲师。

鲁南平原上，

屹立着一座普普通通的小镇，

是她 55 年前用大刀震惊了中外，

她和平型关是一母所生的两位英雄，

她是亚洲的滑铁卢和色当。①

她的名字可与日月同辉，

她就是中国抗战史上光芒万丈的台儿庄。

"九一八"的铁蹄，

卢沟桥的炮声，

南京 30 万人的大屠杀……

激起全中国人民无边无际的仇怒。

中华民族的性格就是从不屈服——

苏武、岳飞、文天祥、林则徐……

宁肯站着死，

不愿跪着生。

五千年的尊严不容玷污，

四万万意志绝不甘做亡国奴。

中国军队虽然装备落后，

中国的"杂牌军"虽然给养困乏，②

但是每个官兵胸膛里都燃烧着熊熊烈火；

中国军人武器虽然陈旧，

但是战士胸章后注明"生在陕西，死在山东"。③

① 滑铁卢战役，1815 年 6 月 18 日，拿破仑一世第二次称帝后与欧洲反法联军，在比利时的滑铁卢决战，法军大败。拿破仑第二次被迫退位，被流放到南大西洋的圣赫勒那岛。

色当会战，普法战争中的著名战役。1870 年 9 月 1 日，法军在色当败锋，敲响了法兰西第二帝国的丧钟。

② 当时非嫡系军队，一般习惯称"杂牌军"，装备陈旧，供给不足。

③ 当时第二集团军官兵胸章后都有"生在陕西，死在山东"几个字。

台儿庄的围墙虽然不够高大坚固，
但军民一心同仇敌忾众志成城。
骄横野蛮的侵略者张开血盆大口，
妄想一气吞下台儿庄直逼徐州。

日寇的大炮轰塌了围墙，
我无畏官兵立即用身躯堵住缺口。
敌人用"乌龟"冲破我军驻地，①
我红眼战士抱集束手榴弹与敌同归于尽。
敌人白天侵占的阵地我军夜间夺回，
日军扔来的炸弹我勇士再扔回敌兵品尝。
轻伤员仍挥舞大刀砍杀鬼子的脑公，
重伤员临终也要咬掉敌人一只耳朵。

台儿庄每一块砖都是一颗重磅炸弹，
台儿庄每一片瓦都是一粒仇恨的子弹；
台儿庄每一间房舍都是敌人的墓坑，
台儿庄每一块门板都是敌人的棺木。
台儿庄大街小巷都是敌人的葬身之地！
一个战士倒下另一个就顶上去，
排长倒下连长顶上直到将军——
王冠五、池峰城、孙连仲、李宗仁……

所有敢死队队员和与阵地共存亡的官兵，
都是堂堂正正的中华民族精英。
骄兵必败，
哀兵必胜，
正义必胜。

---

① 乌龟，指日军坦克。

台儿庄大战的辉煌战果，

戳穿了日本皇军不可战胜的神话，

粉碎了日本"大东亚共荣"的迷梦。

只要所有中国人精诚团结，

任何凶险的强盗都不会得逞。

中华民族一向酷爱和平，

为了防御，

我们的祖先修筑了万里长城。

我们从来不想侵占别人的一寸土地。

但是，

谁若胆敢向我们发动进攻，

我们也会坚决彻底将他们消灭干净。

21 世纪将是中国人扬眉吐气的世纪，

快拉起手，

海峡两岸的骨肉兄弟，

为了神州大地，

更加辉煌灿烂的前程。

# 金瓯完整待来时

## 贾新章

半壁河山踏铁蹄，　　　　三光过后目疮痍。

平型关上擒虎豹，　　　　台儿庄前缚熊罴。

五十五载民族傲，　　　　一统九州兄弟谊。

地下有知应含笑，　　　　金瓯完整待来时。

# 看台儿庄大战图片

徐恒佶

凝固了刀光、剑影和硝烟

凝固了枪声、炮声和呐喊

凝固了一九三八年三月

那血与火染红了的时间

——你在国土遭难的长夜中曝光啊

用中国人民奋起反抗的雷电

仇恨和泪水磨亮复仇的刺刀

愤怒和勇敢将发热的炮膛装满

一座座民族之魂的石雕铜像

闪耀着辉映春秋的高光点

——你在大运河的碧波里显影啊

走进了革命史的教科书和档案

五十余年岁月的冲洗，

今天在金色的阳光下烘干

一张湿漉漉的历史

一幅威凛凛的画卷

我读懂了

你在用黑白对比的语调

回忆光明怎样战胜黑暗

我看到了

你又怎样用新彩色的胶片

讲述一个春色斑斓的人间

# 念奴娇 (平韵) · 参观纪念馆

孙作民①

中华危难，狼烟起，强虏铁蹄入侵。贼酋骄横，挥屠刀，直扑鲁南要津。烧杀淫掠，哀鸿遍野，国恨家仇深。热血男儿，能不誓死从军？

战震惊中外，铭章壮烈，德公建殊勋。自忠大义抛怨，峰城忠勇可钦。北斗指航，河山重光，神州正逢春。英魂堪慰，更盼两岸同心。

1994 年 4 月

# 儿女辈出多豪杰

安增良

面对先辈的光辉业绩，思绪万千，难以表达。特以小文，以抒心怀。

擎九天之明月，

瞰沧桑之古地；

聆运河之轻雷，

听岁月之清音。

击运河之石响历史回声，

观春寒之雨忆当年热血。

莺飞草长，

衔猛士之志。

---

① 孙作民，山东滕州人，生于 1928 年。1952 年南开大学毕业后从事教育、科研工作，高级工程师，九三学社成员，第四届枣庄市政协常委。

柳绿花红，

呈烈士之心。


檐下燕语，

难诉当年之事；

水中鱼泳，

不晓古镇雄风。

天水苍茫，

冷雨缤纷；

月明风高，

星云无语。


驻足台儿庄，

英雄当年扼腕叹；

放眼华夏地，

儿女辈出多豪杰。

金戈铁马长城吟
千古高风说到今

# 论台儿庄大战诗词

问邻　思勤

> 台儿庄，
> 红血洗过的战场。
> 一万条健儿
> 在这里做了国殇。
>
> ——臧克家

在"炮弹似暴雨，炮火如闪电。炮烟似浓雾，炮声震九天。空中硝烟密布，地上尘土弥漫"（战地民谣）的台儿庄大战中，救亡图存的抗日情绪，尸山血海的扬威不屈精神，刀光剑影的惨烈场面，激发了诗人的爱国激情。动之以情，发而为诗。"歌诗合为事而作"，台儿庄大战中，产生了大量如火如荼如血的诗词。这些血与火的诗，是鼓舞战士杀敌的号角，是投向日本侵略者的炸弹，是推动救亡运动的伟大旗帜。这些诗歌，是作家、将军、士兵、学生、农民，在焦土炽热，枪杆烫手，刺刀滴血、炮筒冒烟时，迸发出来的爱国激情。这是炎黄子孙图存求生的呼唤，这是华夏子孙反侮抗辱的呐喊。

正当日军过黄河，陷济南，薄徐州之时，台儿庄烽火突起，运河两岸狼烟翻滚。在中国共产党倡导的抗日民族统一战线感召下，全国的爱国作家、诗人、记者、演员，从西安，从武汉，从京津，从沪宁云集徐州，奔赴台儿庄战场。他们以笔杆做刀枪，报道大战实况，他们编歌、唱歌、教歌，宣传抗日救亡。他们冒着敌人的炮火，跑阵地，钻战壕，战地服务。许德珩、荣高棠、冼星海来了，匡亚明、李公朴、王西彦来了，范长江、陆治，谢冰莹来了，洪琛、张瑞芳、王莹来了。中华民族救亡先锋队、东北救亡总会、上海救亡话剧团、北京移动剧团、山东各界救亡团等，加之二十七师、三十师、三十一师、六十军、二十军团的宣传队、歌曲队、战地服务团，汇集成一支浩浩荡荡的抗日救亡大军。这些成千上万的文化人，深入军队，深入农村，深入阵地，同甘共苦，他们的足迹踏遍了运河两岸，他们的歌声响遍了泰山南北。他们在台儿庄大战中，发挥了震天的威力，发挥了巨大的历史作用。正如1938年春，中共河南省委给鲁南特委的信中指出的，整个知识分子"在今天抗日运动中，已经起着并且还在起着抗日的烽火台与播音机的伟大作用"。

诗人臧克家，时在西安从事救亡工作，应友人电召，即赴台儿庄战地，其诗曰：

> 古都神往二十年，
> 行脚匆匆八九天。
> 胜迹有情空处处，
> 角声唤我去铜山。

诗人听到战斗的号角吹响了，祖国在召唤，即挺身投入了火热的战地。在台儿庄他写了大量的战地报道，并写出了不朽的诗篇《死灰里萌出了新生的嫩芽》，诗人为血战不屈的战士歌唱，他被万众一心反侵略，同心协力抗倭寇的精神所感动。从战火、废墟、焦土中看到了中华民族新生的希望，他预感地喊道："台儿庄的名字和时间争长。"

郁达夫率武汉文化界慰问团，"千里劳军此一行，冒锋镝，跋山涉水，驱车直指彭城道"。他高兴的写道：

> 水井沟头血战酣，
> 台儿庄外夕阳昙。
> 平原立马凝眸处，
> 忽报奇师捷邳郯。

马雅可夫斯基说："无论是歌，无论是诗，都是炸弹和旗帜。"在台儿庄诗如匕首刺向侵略者，在涛沟桥歌如战鼓为抗战助阵，在刘家湖诗歌

伴随着大刀片，杀向日军的炮兵阵地。诗人为民族存亡而疾呼，诗歌为勇
士杀敌而助威，诗歌把抗日救亡运动推向高潮。

台儿庄大战诗词，就其内容看，无情地揭露了日本侵略者的罪恶与虚
伪，歌颂了爱国将领同仇敌忾的精神。讴歌了军民一心与国土共存亡的爱
国主义精神。这些诗词战时鼓舞着炎黄子孙团结一致枪口对外；战后激励
着中华民族奋发不息，振兴图强。

台儿庄大战中产生的诗词，是抗战文学中的一颗灿烂的明珠，是中国
文学史中的珍宝，必须加以搜集和研究。

# 一　胡笳吹遍故都秋，胡马如潮压海头

这是四川省内江市梅英先生送川军将士出川抗日的诗句。这首诗道出
了中华民族面临亡国灭种的危机，大敌当前，日本侵略者侵入国土、大有
"黑云压城城欲摧"之势。在国难当头、民族危亡之际，诗歌作为"团结
人民，教育人民，打击敌人的武器"，就要暴露侵略，揭露敌人的罪行，
以唤起民族同心同德，奋起保卫国土。蒋介石在《祭王铭章师长》一文
中曰：

> 国运屯蹇，
> 倭夷跳梁。
> 既蹦北陆，
> 复肆京杭。

此时，东北沦陷，华北危机，京杭丢失，华东不保，淮海危在旦夕。
国家民族已到了"最危险的时候"。山河破碎，人民流离失所。正如广西
部队十一集团军总司令李品仙所描绘的：

> 颓垣残宇断荒鸡，
>
> 半壁河山遍铁蹄。
>
> 满目疮痍哀雁户，
>
> 一腔血泪鼓征鼙。

　　和平田园，遍踏铁蹄。安居乐业，毁于战火。日本侵略军到处烧杀抢掠，良田荒芜，墙倒屋塌，鸡犬不定，人民大批流亡逃生。作家肖觉天当时记述道：

> 东登泰岱望青徐，
>
> 荒城火炬如飞乌。
>
> 西上太行望同浦，
>
> 白沙漫漫车辘轳。
>
> 尽道天骄无术破，
>
> 百二名城弹指堕。
>
> 群烽照市事辛酸，
>
> 诸将脱逃无乃懦。

　　作者如泣如诉地向人们倾诉，日军入侵，东望百余城市陷入敌手，西看逃难的人拥挤不堪。烽火照市、豺狼入室，作者心伤鼻酸，欲哭无泪，大呼"诸将脱逃无乃懦"！是中国的将军们怯懦吗？不是。当敌人"长趋直南下，染指济南城。洙泗弦歌地，烽烟战血腥"之时，第五战区设立，李宗仁将军受命于危难，调兵遣将，网罗贤才担负起天下兴亡之责。桂系十一集团军布防淮河，第二集团军坚守台儿庄，五十九军阻击临沂，第二十二集团军保卫滕县，六十军防禹王山。当一三九师开赴前线时，开封的学生到车站为战士们壮行，他们演唱快板诗揭露日军罪行，鼓舞战士杀敌：

占了我们的北大营，
占了我们的沈阳城。
杀的杀、抢的抢，
老百姓遭了殃，
东北三省被灭亡，
卢沟桥二次动刀枪。
占了我们黄河北，
又占了扬子江。
南京死了几十万，
看看哪个不心伤。

　　"心中有了不平事，诗歌如火出胸膛"。侵略者烧杀淫掠，激起了学生仇恨满胸。揭露日军罪行，鼓励战士英勇杀敌，其作用不亚于战前的动员报告。学生们在揭露日本飞机狂轰滥炸时，唱着《河南小调》：

正月里，
正月正，
日本鬼子的飞机，
你看多么凶。
丢炸弹，
猛一轰，
一下炸倒老百姓。
眼一黑，
头一懵，
扑通栽倒地溜平。
骂一声，
日本鬼，
难道不是你娘生。

战士们听了学生的演唱，个个义愤填膺，决心"不降倭寇不回程"。

云南、贵州部队坚守连防山、禹王山阵地，与敌相持月余，严重的时候，卢汉军长在运河边架上机枪，战士们只有向前，绝无退路。邳县慰问团冒着枪林弹雨，车推肩挑慰劳品到阵地，他们演唱锣鼓快板，揭露日军罪行，动员战士与敌人血战到底。

> 日本强盗野心狂，（咿咚呛）
> 杀人放火占地方。（咿咚咿咚呛）
> 宰了鸡，杀了羊，
> 还要一个花姑娘，
> 真是太凶狂。（咿咚咿咚呛，咿咚呛）

就是台儿庄的儿歌，在反侵略的战争年代，也打上了时代的烙印。

> 雪花落，
> 满山坡，
> 日本小鬼太可恶。
> 闯进庄烧了屋，
> 杀了我的亲哥哥。
> 乡亲们快起来，
> 不打倒日军不能活。

素有"鱼米之乡"、"水陆码头"之称的台儿庄被侵略战火毁坏，二十七师兵站上尉站员别志南进庄看到的是"三千人家十里街，连日烽火化尘埃"，他进庄打扫战场记述了当时的劫难：

> 踏遍疆场血肉堆，
> 余烬犹炽草木悲。
> 欲哭无泪肝胆裂，

不灭"匈奴"誓不归。

一场浩劫，台儿庄墙无完墙，房无完房，尸体塞巷，血流成河，战争给人民带来了灾难。侵略者的罪行，必然激起人民的反抗。作者面对一片冒着烟的废墟，发出不灭侵略者"誓不归"的呼喊。正是基于对侵略者的恨、对敌人的恨，才会对祖国爱，爱国才会去同侵略军拼杀，保卫自己和平的家园。

## 二　马革裹尸匹夫责，黄沙盖面民族光

在昆明群众欢送云南六十军赴鲁抗战时，特务营营长桂灿写了诗表示抗日决心。有侵略就有反侵略，日军入侵中国，占国土，杀人放火，抓妇女，激怒了中国人民，全国人民不分党不分派、决心抗战到底。四川、云南、贵州、广西、陕西各部队"一路前头接后头，铖锋躬擐气横秋。只见天上将军下，不见闺中少妇愁"。真是"车辚辚，马啸啸，行人弓箭各在腰"，万里赴戎机，母亲送儿上前方，妻子送郎打东洋。桂灿临行前将诗写在与妻子张玉兰女士的合影上，诗是这样写的：

> 生命诚然可贵，
> 爱情价值更高。
> 救国热血波涛涌，
> 两者甘心抛掉。
>
> 马革裹尸沙场，
> 黄沙盖面荒郊，
> 收复江山锦绣娇，
> 不求青史名标。

这对夫妻顾大局，识大体，视"家在国中"的精神，这种情切切、

意绵绵的爱，及在面对外族侵略时，"不见闺中少妇愁"的姿态，今人也为之敬佩。作者决心马革裹尸，黄沙盖面，不求名留青史，只求还我河山的爱国主义精神也永远是我们中华民族的财富。不是吗？台儿庄大战中，中国军队死伤19000余人，有几人留名于后世。桂灿在群众大会上决心"泅身下海捉蛟龙，捷足登山擒虎狼"，这响当当、亮铮铮、掷地有声的诗句，不恰恰表现了中华民族的英雄气概吗？这种赴汤蹈火不屈不移的骨气，正是中华民族几千年来能立于世界民族之林的根本原因。当云南六十南军路经长沙时，湘雅医学院千余师生，冒着大雨，伫立于车站一夜，为战士送行，战士们感动得热泪盈眶，桂灿营长写道：

> 民族仇恨人人深，
> 淋雨栉风夜送行。
> 千万热情鞭策我，
> 不降倭寇不回程。

这种化仇恨为力量，把热情变动力的精神，正是中华民族赖以生存的精神支柱。在台儿庄，战士们以"宁做战死鬼，不当亡国奴。民族永生存，血肉筑城固"的决心，同日军展开巷战、犬牙战、拉锯战，敌我推进来，打出去。大刀片对机械化，肉体搏坦克，连日军也惊呼："尸山血海不独我军所独有。"战士同阵地共存亡，他们"饥了啃干馍，渴饮运河水。死守台儿庄，多杀日本鬼"。这些无名氏的战地民谣，唱出了人民的共同心声。台儿庄所以能取得大捷，正是因为中国军队面对强大的敌人，不屈不挠，敢于牺牲自己。这种"不顾归"的精神，是任何侵略者都会望而生畏的。李宗仁提出"军政一片，军民一片"，是取得胜利的保证，军队要打胜仗，必须以人民为后盾。当时的台儿庄儿歌《劝郎参军》思想十分明确，就是为了打鬼子，反映了兵民思想，兵来之于民，台儿庄之战所以能取得歼敌万余的胜利，正是由于苏鲁人民支援前线，支援军队。战时运弹药，抬担架，参军参战，战后清扫战场，清理废墟。军民同心而奋斗，才能战胜强大的敌人。

## 三　若定指挥好将帅，成功不赋"大风歌"

这是白崇禧的机要秘书谢和赓赞扬李宗仁将军的诗句。台儿庄大战的胜利，是在国共合作，抗日民族统一战线形成，工农兵学商一齐来救亡的大好形势下取得的。天时、地利、人和是战争胜利的保证。第五战区长官司令李宗仁将军处事大度，待人以诚。孙连仲身先士卒，关键时候不要命，池峰城破釜沉舟，与城共存亡。这些，大战中诗歌均有反映。二十军团戴安澜将军在台儿庄大战时曾同日军厮杀过，后赴印缅抗战牺牲，毛泽东同志悼念他：

> 外侮需人御，
> 将军赋采薇。
> 师称机械化，
> 勇夺虎罴威。

高度赞扬了戴将军在侵略者入侵国土时，挺身而起的大无畏精神。冯玉祥在赞扬李宗仁时写道：

> 战区司令着运筹，
> 发动民族大力量。
> 军民成一片，
> 胜利有保障。

发动群众投入抗战，调动桂、川、滇、陕、黔各派系的抗日积极性，没有大海一样的胸怀是办不到的。指挥"杂牌军"没有泰山不择细土的气度是不行的。郁达夫说李宗仁"指挥早定肖曹计"。别志南《指挥部所见》写道：

> 惨烈火海鏖战急，
>
> 血肉长城稳如山。
>
> 指挥若定惊初见，
>
> 始见人间将才难。

人才难得，将才更难得。李宗仁关键是能"军政贤才尽网罗"，李将军有识才之眼，爱才之心，用人之胆。人才有用难用，他能用；奴才好用无用，他不用；川军别的战区不要，他要。张自忠、庞炳勋内战有隙，李宗仁分别同张、庞晓以大义，张、庞十分感动，都觉得碰上了知遇，表示捐弃前嫌，同心同德抗击日本侵略者。临沂之战，张庞阻击了板垣师团，保证了台儿庄的胜利。川军死守滕县三天三夜，为台儿庄布防赢得了时间。

谢和赓在台儿庄大战诗组中说徐祖诒参谋长"寡语深沉知勇忠，运筹周全呕心血，枪林弹雨益从容"。素有小诸葛之称的白崇禧，诗人赞扬他"妙筹神算建功勋"。

在台儿庄守城的三十一师，全师几乎打光。危急的时候池峰城师长大口吐血，命炸浮桥，严守运河，与城共存亡。别志南诗中说：

> 台儿庄前血战功，
>
> 无人不道池峰城。
>
> 曾记北上受降日，
>
> 临风洒涕论英雄。

台儿庄大战后，池峰城到重庆。在影院偕夫人看电影，银幕即映出"神将军池峰城来我院看电影，请让大家瞻仰"。一时影院轰动，正是"无人不道池峰城"之句的写照。在滕县，王铭章师长牺牲，蒋介石赞扬他：

杀敌致果，

气贯星芒。

守峄守滕，

坚垺金汤。

张澜副主席在重庆看到王铭章的遗像，即题写了：

一城死守真黑冢，

千载留名比豹皮。

部属半为猿鹤侣，

魂归应是风雨时。

东征壮士多忠烈，

此日看君意更悲。

张澜副主席赞颂了川军北上抗日，赞扬了川军守城拼死的爱国主义精神，肯定了王铭章为国牺牲的价值。

临沂阻击战中，张自忠、庞炳勋不计前嫌，齐心协力作战，击退了板垣师团，诗人说：

华夏威风举世惊，

临滕序战夺先声。

一身兼备德仁勇，

首战临沂犹峥嵘。

当孙连仲在台北九十大寿时，台北刘本厚老先生仍不忘孙将军在台儿庄的丰功伟绩：

抗日名将仿鲁公，

燕赵豪侠古来张。

运筹帷幄庙堂计，

劳心血汗英名扬。

一战惊人寒敌胆，

奠定神州胜利光。

刘老先生恰如其分地评价了孙连仲将军在抗战中的贡献。最后诗人说孙将军"留作圣迹台儿庄"。是的，凡在民族战争中做出贡献的人，中华民族子子孙孙是永远不会忘记他们的。滕县、新都均为王铭章师长立碑传颂。台儿庄大战后，台儿庄也立碑纪念这一伟大的胜利，在台儿庄浴血奋战的将士，台儿庄人民是不会忘记的。台儿庄大战纪念馆已建成，台儿庄收到孙连仲病逝台北的讣告后，即去电深表哀痛。中华民族人口皆碑。

在大战中，各将领身先士卒，冯玉祥赞扬他们：

> 我军长官受了伤，
> 依旧督战在前方。
> 还有高级各将领，
> 遗嘱写好寄家乡。

团长王震、营长郁天鹏，受伤不下火线。连长黄文钦牺牲于阵地，战友们在其衣袋里发现其《致新婚妻子的信》云："倭寇深入国土，民族危在旦夕，身为军人，义当报国。万一不幸，希汝另嫁，幸勿自误。"这感天动地、泣鬼惊神的句子，催人泪下，闻而肃然起敬。这种"勿为新婚念，努力事戎行"的牺牲精神，实在可歌可泣。陈钟书旅长从云南出发时说："数十年来，日本人欺人太甚。这次外出抗日，已对家中作过安排。誓以必死报答国家。"陈旅长负重伤，用担架抬在路上，鲜血直流，他用血在路上写"壮志未酬身先死"，含恨而死，死未瞑目。中央人民政府、毛泽东主席1952年为其颁发了烈士证。冯玉祥将军的诗通俗、形象地描绘了各级官长与敌人浴血奋战的爱国精神。

1938年春，日军声称"四个小时下天津，六个钟头进泉城"。狂妄至极，不可一世，过黄河、陷济南、攻邹滕、扑峄县。"矶谷各师称劲旅，孤军深入半阵亡。"孤军深入乃兵家大忌，日军骄横无所顾忌。"小兵临大国"，蚂蚁啃骨头，总是啃不动。李宗仁采纳了周恩来的建议，阵地战、运动战、游击战相结合，围点打援，分割包围。命三十一师牵制日军，三十师、二十七师左右迂回，黄樵松师长记述指挥战斗时写道：

> 绕击敌侧后，
> 攻占前后彭。
> 师长督战涛沟桥，
> 切断潘岔敌交通。
> 击溃板垣刘家湖，
> 打败矶谷燕子井。

运动战机动灵活，对敌人"绕击"、"切断"、包、剿、堵、截。国共合作后，中国军队在战略战术上有了很大的提高。冯玉祥记述说：

> 汤将军有进无退，
> 孙将军谋略非常。
> 关抄敌背后，
> 曹从北面上。

各路抗日大军四面出击，同心协力作战，日本侵略者陷入四面楚歌的境地。日本军官哀叹道："小小的台儿庄，为什么不能占领？"

## 四　战士用命慨以慷，冲锋不惜死与伤

骄兵必败，哀兵必胜。——〇师某营营长率全营于卜村阻击敌人，日军多次攻击均被打退。全营牺牲很大，营长带领残存的人员及伤兵与日军决战前，在墙上题了绝笔诗：

> 爷娘妻子尽飘零，
> 国破家亡怒烧中。
> 拼将热血雪国耻，
> 杀身成仁效愚忠。

营长牺牲了，全营只有十余人突围，这种决死的精神，连敌人也为之

折服，二十军团某班全体战士与敌人战斗，无一人生还。日本军人在中国士兵遗体旁插上小木牌，上写"中国英雄班"。

西北军的大刀片对着日本的坦克群，战士们不畏不惧：

连日迭摧坦克群，

誓灭"楼兰"气如吞。

怀雷搏击同归尽，

野草山花祭忠魂。

"成仁王景山"、"取义董玉清"，他俩用集束手榴弹炸坦克，滚到敌人坦克底下，被碾成肉泥，与敌人同归于尽。野草有情应垂泣，山花有义也含泪，这种舍生取义、泣鬼惊神、震天动地的精神，这种扬威不屈的气节，岂有战而不胜之理！中国人民抗战付出了巨大的牺牲，仅四川省"百万川军出蜀门"，北上抗日，八年中"卅万英雄为国殇"。

正是这些中华民族的优秀儿女，"发挥了震天的威力，用血写就了伟大的史诗"。第二集团军参谋綦施政回忆台儿庄大战是：

抗日旌旗满天红，

拉锯争夺斗顽凶。

犬牙交错巷战激，

战士个个智又勇。

可见其战斗的惨烈情景，李祖明团长记述当年的战斗情况是：

士气如虹冲霄汉，

民心似铁固金汤。

万众一心，众志成城。经过旬余血战，日军不支，4月7日，中国军队全面出击，二十军团掬敌之背，一一〇师由韩庄直插泥沟。

号令一声歼残敌，
三军振奋万马嘶。

日军溃败，向峄城逃窜，"被驱不如犬与鸡，狼奔豕遁归何处？穷追直捣峄山西。"台儿庄街巷里是：

纵横僵卧犬羊兵，
犹自身藏"千人缝"。
黄粱梦断成新鬼，
望乡台上说"共荣"。

中国军队胜利了，举国欢腾，世界瞩目。台儿庄大战歼敌 11984 人，是日本陆军史上第一次惨败，是世界反法西斯战争东方战场上取得的第一次伟大胜利。当时持"亡国论"者也为之惊叹。这一大战，是"钢铁难摧血肉躯"，中国人民以血肉筑起的长城，从太行山筑到沂蒙山，从平型关筑到台儿庄，这是任何侵略者打不烂、摧不垮的钢铁长城。有位日本军官投降后说，中国人是打不得的，越打越团结，越打越坚强，实在是经验之谈。在大战中我军伤亡 19000 余人，为悼念烈士，三十七师师长黄樵松写了一首《榴花》：

昨夜梦中炮声隆，
朝来榴花满院红。
英雄效命咫尺外，
榴花原是血染成。

血染焦土，"万千烈士眠庄外"，胡厥文先生赞颂大战中的烈士，"惟有忠贞自千古，芳流百世钦英风。"


## 五 全民抗战义不辞，劲旅堂堂战马嘶

抗日战争是在中国共产党倡导的抗日民族统一战线下，全国各民族、

各阶级、各党派及海外侨胞共同参加的全民抗战。人不分老幼，地不分南北，抗战保国人人有责。记者爱泼斯坦称台儿庄大战是人民之战。

当时，李宗仁将军接受了周恩来的建议，建立了第五战区民众抗敌总动员委员会。吸收各派政治势力的代表人物参加，总动委会是国共合作的产物。其主张"军民合作，军政合作，官兵合作"。由包括群众、军队、政府三方面的代表组成。这是大战胜利的基础。

川军出川抗战，百姓夹江数十里相送，四川省各界人士建立了抗敌后援会，支持川军北上抗日。云南六十军开赴鲁南，南宁市妇女后援会的妇女们顶风冒雨，走街串巷向群众募集棉衣支援。妇女们站在街头唱道：

> 秋风起，
> 秋风凉，
> 民族战士上战场。
> 我们在后方，
> 多做几件棉衣裳，
> 帮助他们打胜仗。

她们把募集到的棉衣送到山东，战士们备受感动。最感人肺腑的是昆明市抗敌后援会的同志从募集到的一件棉衣白里子上发现的一首诗。

> 人民手中线，
> 战士身上衣。
> 疆场御寒冷，
> 何日凯旋归？

人民关心北上抗日的战士，从四季如春的云南捐赠棉衣，送给英勇杀敌的战士。母亲盼望儿子早日打败侵略者，平安回家，这种视抗战军队为子弟兵的鱼水之情情切意真，怎能不催人泪下？可惜捐赠棉衣的人及诗的作者已无法知道。川军保卫滕县，滕县人民大力支持，滕县武术队挥刀参战，滕县的"抗日三老"给川军留下了很深的印象。有诗说：

> 滕县英雄三老人，
> 组织铁匠立功勋。
> 数百武器援军士，
> 大刀挥舞敌入坟。

"抗日三老"沙印才、黄禧棠等组织群众支前、召集铁匠打大刀片，供前方杀敌。岂止三老，孔昭同老先生把家里的绸子被全拆了，组织城里的裁缝做了几百副棉手套，送给在北沙河抗战的川军。人民支援抗战，抗战保护了人民。

当云南部队开拔鲁南抗战时，昆明市三千多学生到大街上游行示威，要求随军北上抗日，"女子尚如此，男子安可逢"。卢汉军长挑选了60名青年女学生，成立了云南妇女战地服务团，加以培训，到台儿庄战地服务。她们自豪地唱道：

> 古有花木兰，
> 今有"女南蛮"。
> 奋起为国家，
> 解放又何难。

当时，妇女战地服务团在武汉接受过卢汉、郭沫若、邓颖超的检阅，并听过邓颖超的报告。台儿庄大战打响后，彭明绪、刘先德等吵着说："台儿庄打起来了，战地服务团不到战地，在这干吗？走啊！"12名团员没经批准，跳汽车，扒火车奔赴台儿庄。卢汉军长安排她们照顾伤员，为战士洗衣，到阵地代写家信。七十四军副军长阎士彬赞扬这些南滇女儿：

> 为国许身学木兰，
> 随军转战有余欢。
> 安危早置乾坤外，
> 孰料携随明月还。

是的，出滇界不顾归，安危不顾，顾国家。60 名女团员，现在在滇黔的只有 13 人了，到过台儿庄的 12 人，现在只有 3 人还在云贵，她们常常自豪地回忆到台儿庄的壮举。其中刘先德老人回忆说：

> 忆昔南国卸红装，
> 倥偬奔驰在疆场。
> 赢得中华号四强，
> 神州今朝愈富强。
> 莺歌燕舞花更香，
> 四化宏图放金光。

云南妇女战地服务团，流泪唱着《悼念烈士挽歌》，在战场上掩埋抗日烈士。她们到医院慰问伤病员，唱着《慰劳伤兵歌》。她们到阵地与战士并肩战斗，为战士唱歌。这些诗歌记录了她们的踪迹，反映了波澜壮阔的救亡运动，反映了这一伟大的历史时代。

## 六　诸公欲问离乱事，坐听老兵话沧桑

台儿庄大战已经过去 50 年了，"台儿庄的名字和时间争长"。战后焦土火灰中的嫩芽，今天沐浴着阳光雨露，已经长成参天的大树，在废墟上已建起了鲁南重镇，高楼拔地起，大桥飞架苏鲁，道路拓宽，航运竞帆，工厂林立，商旅云集。国内学者寻踪问古，海外侨胞络绎不绝，港台兄弟来乡凭吊，旧地重游无限感慨。八三五团团长李祖明老先生忆昔视今颇有感触。

> 台儿庄上挫敌锋，
> 短梦依稀五十冬。
> 丑虏披靡逞霸道，
> 旌旗生色照精英。

　　白沙黄土埋忠骨，

　　碧血丹青照汗青。

　　地下有知应含笑，

　　神州无处不春风。

　　云南省七十八岁的当年妇女战地服务团的刘先德老人，回忆当年的义举说：

　　当年大战台儿庄，

　　挥戈驱日有鲁阳，

　　巾帼偕同上战场。

　　沧桑历变半世纪，

　　中华四化更辉煌，

　　运河两岸稻花香。

　　当年《武汉日报》的记者孙松一，曾赴台儿庄战地采访，他回首往事"捷报传来武汉市，三镇欢呼喜欲狂"，他历经沧桑，总结历史经验说：

　　国共合作战愈强，

　　日寇俯首终投降。

　　五十年来重建国，

　　地覆天翻慨而慷。

　　锦绣河山更壮美，

　　万众齐心报炎黄。

　　别志南先生、爱泼斯坦先生、覃异之、刘震、牛洪开、熊顺义，倪志本等老兵多次来台儿庄旧地重游，缅怀战友，他们看到了什么？他们看到的是：

望眼玲珑楼台近，

回首纵横道路长。

战地竟成繁华地，

穷乡化作鱼米乡。

　　历经战乱的人才知道安定团结的重要，到过地狱的人才知道什么叫天堂。当年守台儿庄火车站的连长牛洪开，已是八十岁的老人了，他来到台儿庄参观战场旧址，看到大人小孩都围着他，他说："台儿庄人民欢迎我。"住在招待所夜不能寐，情不可禁，挥笔书写道：

三岛毕竟出降幡，

匆匆又过五十年。

犹忆台庄血战日，

梦中杀声响连天。

忆往昔，视今天，

金瓯待补最为先。

两岸三次重携手，

一统九州亿民欢。

　　牛洪开先生 1990 年 9 月 20 日，高龄 83 岁去世，生前他盼望"两岸三次重携手，一统九州亿民欢！"盼望祖国早统一，道出了老兵的心愿。二十军团二十五师参谋长覃异之，八旬老将"豪情再访台儿庄"。他"阅尽沧桑辱国史"指出：

毋教分裂留新耻，

促进和谈弃旧嫌。

计利当计天下利，

同胞十亿盼团圆。

　　这些年近百岁的老人，走南闯北，戎马生涯，总结一生，道出至理名言，道出了中华民族的共同愿望。

台儿庄人民欢迎海内外的同胞，共吊大战中牺牲的先烈。台儿庄人民正以排山倒海之势，振兴工农业，坚持开放改革，发展经济。台儿庄是英雄之地，台儿庄是扬威不屈之地。台儿庄正以新的面貌立于中华大地。正如当年第五战区民众抗敌总动员委员会组织部特派员佟苏丹老先生说的：

喜看春风吹鲁南，
一代英雄又出山。